U0619583

你笑起来真像好天气

抹香鲸

著 **南木大叔**

人世间难免会有清愁和烦扰，但我更爱看你笑，因为你笑起来，就是我的好天气。

天津出版传媒集团

天津人民出版社

It is a beautiful day

真像好天气

很想你知道，
在我心里，遇到你真好

　　我从小生长在一个三面环海的城市，时常在傍晚独自一人走到海边散步，感受着海风的轻抚，呼吸着海水的味道，享受那一刻的静谧。

　　大海就像一个神秘的存在，具备一种治愈人心的能力。也因为如此，我曾在海边开了一家小酒馆，白天看海鸥和人群，晚上就记录故事。我还曾做过一个情感电台，用声音和那些萍水相逢的听众分享着我的见闻。

　　人越成长，就越发觉这世上孤独的人太多，外表的欢笑，不过是在掩盖内心的脆弱。我有很多的感慨，唯文字可记载，这就有了公众号"南木大叔"的诞生。

　　其实在此之前我犹豫了很久，担心自己太年轻、阅历不够丰富，写不出郎艳独绝的文字。直到后来有一次，我受邀去北京参加吴克群的电影发布会，和他聊天的过程中，他说的一句话让我印象深刻："如果可以回到过去，我依旧愿意像当年那样，再疯一次，再傻一次。"

是啊，人生最重要的并非结果，而是过程。倘若事事畏首畏尾，才是年轻时最大的遗憾吧！人总是要学会勇敢，而事实也证明我做对了。

这一年多的时间，我遇到了很多人，有人说在我的故事里读到感动，有人说在我的身上学会了勇敢，也有人说难得在这条路上找到同行者。

原来文字就是有这种独一无二的魅力，它治愈了读者，同时又反过来启发了我。于是我将这一年写下的故事集结成书，也就是这本《你笑起来真像好天气》。它收藏了我和读者之间最亲密的心事，也见证了这一路上我们彼此的成长。

关于爱情，我祈祷每个人都能遇见那个真正心疼你的人。

好的爱情，就是不会再委屈地去爱一个人，也不必为了谁卑微到尘埃里。如果遇见错的人，那就学会放下，人生的列车还在继续，只不过他先到站下了车，你还要挥挥手，继续微笑前行。

关于人生，我希望每个人都能够学会如何珍惜当下。

这一年，我们和许多人告别，才明白有些分别太仓促，一瞬间可能就是一辈子。好好吃饭，不再熬夜，去养一盆植物，去开始一段旅行……生活喧嚣，但你要懂得好好疼爱自己。

关于未来，我会祝愿你永远年轻，永远带着希望，永远在路上。

你不必患得患失，如果连第一步都害怕迈出去，那么将永远停滞不前。大胆地去爱一个人、攀一座山、追一场梦，去热爱自己喜欢的事情，永远不要放弃。

写到这里，终要停笔。长长的话要慢慢地说，从今以后的日子，你我都会一同领悟。万望看到这本书的你，在领教了世界是何等凶顽的同时，依然可以报生命以温柔和美好。

人生难免失望，难免让人哭，但我更爱看你笑，因为你笑起来，就是我的好天气。

我很想你知道，在我心里，遇到你真好。

CONTENTS

目录

1..... 你笑起来的样子，真像好天气

云软软的，像棉花糖；心甜甜的，像刚刚见到你的心情。你笑起来的样子，真像好天气！一想到你，整个世界就变得温柔安定了。

2..... 愿所有的温柔付出，都有深情回应

生活中，从来不怕柴米油盐迷了眼，只怕不够爱你的人，辜负了你心中的那份期盼。你要找一个疼你如初的人，与他执手迎风，去看高山流水。让你所有的温柔付出，都得到深情回应。

3.... 从你的全世界路过，依然天真骄傲

我曾陪你看遍春花秋月，也曾天真地以为海枯石烂不是童话。谢谢你，给了我那么多快乐和美好。从你的全世界路过，我依然会天真骄傲，因为往后还会有更好的天气，也会有更好的人。

4.... 总有那么一个人，陪你度过好时光

生命太久，不该独走。人生路上，总有那么一个人，会对你倾以满腔柔情，让你笑容依旧，自在坦然，会陪你度过好时光，与你携手将生活过成诗。

1

你笑起来的样子，真像好天气

云软软的，像棉花糖；心甜甜的，像刚刚见到你的心情。
你笑起来的样子，真像好天气！
一想到你，整个世界就变得温柔安定了。

和心疼你的人在一起有多重要

在抖音上红极一时的一首歌《再也没有》，歌词的每一句都挺扎心的："我再也没有对你生气，我再也没有对你的秘密，我决定我再也不会爱你，因为你心已不在这里。"

满满的回忆和过往的经历，反反复复地冲刷着你的脑海，多少不经意的转身，却依旧是戒不掉的深情。一遍又一遍地歇斯底里，提醒自己再也不会爱你。

其实，很多爱到最后并不是你没有爱意了，而是你们相爱太难，决定放过自己。

看着那满屏的评论，皆是深深浅浅的伤，你爱他爱得那么辛苦，真让人心疼。但有没有那么一个瞬间，他心疼过你的执着？可能没有吧，如果有，你也不会这么难过。

《花千骨》里有这样一句话："别傻了，没有人心疼的伤心不值钱。"同样，没有人心疼的一往情深，不过是一个人的自我感动。

所以啊，把余生交给一个真正心疼你的人吧。

01

之前看过有人说："医院是最检验人性的地方。在生死面前，我们最能看穿人性，也最能看出爱与不爱。"

我嫂子在产房里生宝宝的时候，我哥一直在手术室外坐立不安，听到我嫂子疼得撕心裂肺地喊叫，我哥蹲在病房门口偷偷抹眼泪。

孩子生出来后，全家人都围着孩子笑，只有我哥红着眼守在我嫂子身边，他像个孩子一样，委屈地一直说："老婆，让你受苦了。"

我从来没有见我哥这么紧张过谁，其实他不是怕孩子有事，他是心疼我嫂子。

从那以后，家里人说让他们生二胎，我哥死活不同意，他说不想让我嫂子再去鬼门关走一回。

这让我想到周润发，他的妻子陈荟莲出现临盆征兆入院后，发现宝宝脐带绕颈导致窒息，不幸夭折。而发哥因为心疼妻子，不愿让她再遭罪，便没有要孩子。

对于太多人来说，孩子太重要了，但是在发哥眼里，妻子更重要。

没结婚之前，父母常说："人这一辈子，一定要找一个心疼你的人。"起初你可能不懂这句话，而当你真正经历了爱情、婚姻时，才会明白生活太苦了。一个肯心疼你的人，才能一辈子将你妥善安放，免你苦，免你惊，免你四下流离，免你无枝可依。

不爱你的人，纵使你吃过再多苦，他也不会有半点儿心疼你，心疼是源自爱而归于爱的。

一个心疼你的人，不会把你的付出当作理所当然，也不想让你受一丁点儿的委屈。他懂你的不安，懂你的小情绪，懂你坚强背后的不堪。

他爱你胜过爱自己，你眼中的春与秋，胜过他见过爱过的一切山川与河流。

02

我看过这样一段话："喜欢这件事，看外貌是一时的，看性格才是长久的。缘分凭的是真心实意，感情要的是不离不弃。誓言再美，也比不上一颗融入生命的心；承诺再多，也比不上一个心疼你的人。"

小芷一人北漂了很多年，一个人上班，一个人吃饭，一个人挤地铁，一个人走夜路，一个人搬家……她嘴里总是说着都习惯了，可她那倔强的样子真的很让人心疼。

她每天都在努力演好一个成年人，像上了发条一样，看起来有用不尽的劲儿，好像永远活力四射，没有人知道她一个人撑久了真的会很累。直到遇到老贺，小芷脸上的笑才好像轻松了几分。

老贺相貌平平，但人很踏实。当我们问到小芷为什么会喜欢他的时候，她说："所有人都夸我工作能力出众，只有他心疼我熬夜加班。"

在《不完美女孩》里有这样一句歌词："全世界在等我飞更高，你却心疼我受伤的翅膀。"

不爱你的人，可能就是你发烧烧到39摄氏度，他还会跟你说"666"吧。而爱你的人哪怕是你发一句"我刚吃药的时候，看了一则新闻"，他都会追着问一句"你为什么吃药"。

爱一个人是藏不住的，心疼也同样如此。他会忍不住去关心你，不想你受一丁点儿的委屈和伤害。

让你心动的人可能有很多，但让你心疼的人只有一个，这个人就是你余生拼尽全力都想守护的那个人。

03

在七夕那天晚上，有一个姑娘给叔留言，她说七夕下了很大的雨，她男朋友下班之后，执意要过来给她送花，陪她过节，她担心男友过来会淋雨，就说没关系，他的心意她已经收到了。

在看到这条留言的时候，说实话我的心里是很暖的。女孩的男朋友不想让女孩失望，而女孩则心疼男朋友会淋雨。

爱情从来不是单方面的索取和付出，不是一个人为了另一个人委曲求全，而是相濡以沫、相互关心、彼此心疼……

周恩来和邓颖超，在生命中最好的年华遇到彼此。他们一起成长，一起走过风风雨雨，相濡以沫，生死与共。

邓颖超心脏病发作，在家休养，但写信给周恩来的时候，对丈夫的关心丝毫未减："觉要多睡，酒要少喝，澡要常洗，这是我最关心惦记的，回来要检查哩！"

自己尚且有病在身，却依旧牵挂着远方的丈夫，平淡的话语展现出自己非常地心疼他。

在那个纸短情长的年代，厚厚的一沓情书，就是无法承受的生命之重。

爱是时时刻刻的惦记，是心系于你。

那些能够白头到老的夫妻，靠的不是当初的一腔热血，而是柴米油盐磨平了热情，对彼此仍然报以爱的姿态。哪怕生活被鸡毛蒜皮的小事填满，他依旧会疼你如初。

心疼是起风时披到你肩头的外套，是雨天撑过你头顶的伞，是生病时送到你嘴边的药，是你身后最坚强的那份依靠。

生活和爱情并非虚无缥缈，都是有迹可循的。心疼你的人，不会只把这种心疼挂在嘴上，而是会落在实处。

叔想说，爱情应该是甜的，爱不到的人才是苦涩的。

余生不算长，别再委屈地爱一个人了，和那个心疼你的人在一起吧。不要再为谁卑微到尘埃里，也不要再守着一份没有回应的空欢喜，爱情本来就不应该是一场独角戏。

生活从来不怕柴米油盐迷了眼，只怕不够爱你的人，辜负了你心中的那份可贵。找一个疼你如初的人，与他执手迎风，去看山高水长。哪怕粗茶淡饭，你们也能笑看落日余晖。

没回你消息的男人，往往爱你最深

看到后台有位姑娘给叔留言："南木，我男朋友总是不及时回复我的消息，我觉得他没那么爱我了，我真的好失落。"

大叔我很能理解她的心情，不知道从什么时候开始，回复消息的速度就变成了很多女生检验男朋友对自己爱的程度。他不回消息时，你总会觉得他不爱你了，这段感情快要结束了。

可你有没有想过，他没回你消息的时候，也许是在跨越大半个城市去拥抱你的路上，也许是在为了你们的未来奋力工作，也许是在给你制造一些小惊喜……

网上有很多人说："秒回你消息的男人，一定很爱你。"但叔想告诉你的是，其实，那个不回你消息的男人，也许往往爱你最深。

01

朋友萌萌有一次感冒，头脑昏昏沉沉的，让我帮忙请假，顺便和我吐槽了她男朋友："刚我发微信告诉男朋友我生病了，然而半个小时、一个小时过去了，始终没有收到他的任何回复。"

萌萌本来生病就很脆弱，又碰上男朋友这种态度，她委屈得眼泪一滴接着一滴，不停地掉落。但就在她失望透顶的时候，她家的门铃响了。

后来萌萌告诉我，当她打开门，看见不回她消息的男朋友正急得满头大汗，一手提着粥，一手拿着药站在门口的时候，她"哇"的一声哭出来。之前所有的委屈好像在一瞬间烟消云散，继而被感动代替。

就是这个不回消息的男人，在得知女朋友生病的消息，第一时间就请假离开公司，跑到药店买药，担心她没吃饭，又跑去买粥，之后又因为堵车十分着急，选择一路狂奔过来。他是没有回你的消息，却依然爱你最深。

他爱不爱你，不是看他微信有没有秒回你的消息，而是看他真正为你做了什么。

他爱不爱你，不在嘴上，全在他的行动里。

02

以前我们总觉得，那个就算洗澡也要擦擦手回你消息的人，真的很爱你。

可是，18岁和28岁的感情归根结底是有很大差距的，甜言蜜语谁都会说，可真正落到实处的又有几个。

小莹在抖音上认识了一个男孩，他每天都给小莹发私信，道早安、晚安，从不间断。后来二人加了微信，感情迅速升温。

小莹兴奋地说："他真的很爱我，每天一睁眼就是他的消息，晚上我忙到多晚，他都要等我忙完，和我说晚安！"

但是不知道从什么时候开始，她感觉对方变了，他不会突然在微信上冒出来一句"我想你"了，也不会在她伤心的时候送上关怀了。

后来，两个人的恋情莫名其妙就结束了，连个分手的理由都没有。男孩很快换了新的女朋友，在朋友圈里大方地秀起了恩爱，独剩她自己还在祭奠这段没有任何实质意义的感情。

03

叔的表哥和他的女朋友是军恋，他们相距3000多千米。

他发消息，我秒回；我发消息，他轮回。

表嫂的语气里并没有丝毫的埋怨，反而夹杂着些许幸福感。

她和我说："对你表哥来讲，能及时回复消息根本就是一件不可能的事情，但这并没有什么影响啊。因为你表哥做的一切，早已证明了他爱我！"

是啊，我表哥的微信、手机的壁纸全是她，哪怕身为190cm的铁血硬汉，也和她一起用"幼稚"的情侣头像。我表哥一有时间休假，准会带她去旅行。即使没时间陪伴她，也会送上各种小惊喜，从未间断。一支口红，一束鲜花，处处都能感受到他对表嫂浓浓的爱意。

如果那个不回你消息的男人已经竭尽全力，给了你足够的爱，那么不能及时回你消息，又有什么关系呢？

从日常生活里，从小细节里，从他的每一个动作、每一个眼神里，你都能感受到这个男人对你炽热的爱。这份爱如此坚定，就像无论发生什么，明天依然会到来。两个人之间，根本不需要用回复消息来证明什么，这才是最好的相处状态。

张爱玲说："人总是在接近幸福时倍感幸福，在幸福进行时却患得患失。"

叔很理解，恋爱中的姑娘总会胡思乱想，因为太爱对方，总是缺乏安全感。可他爱不爱你，和他回复你消息的速度没有一点儿关系。

当你下班时外面下起了雨，那个真正爱你的人会立刻拿起雨伞，奔向你。而不是只会秒回你消息说："宝贝，你看看好不好打车，不好打车你就等雨停了再走吧，千万别淋着。"最美的情话也不是"听说稻城很美，我想和你去看看"，而是"宝贝，我在你楼下了"。

相信我，那个没立刻回复你消息，却处处落到实处的人，才爱你最深。

一个人到底有多在乎你，犯个错就知道

很多姑娘向南木倾诉的感情问题其实十分相似，总结起来就是"男友总是让我生气、伤心，可他平常其实对我特别好，我不明白，很纠结到底该怎么办"。

叔一直相信一个道理，就是两个人能不能走得长久，不是看他们好的时候有多好，而是不好的时候有多不好。

当两人出现分歧，尤其是当你确实犯了错时，他对待你的方式是什么，这才能看得出他到底有多在乎你。

就像《画皮》中的台词："有时候，我们愿意原谅一个人，并不是我们真的愿意原谅他，而是我们不想失去他。不想失去他，唯有假装原谅他。"

在乎一个人，就一定会包容他的缺点和错误，甚至都不忍责备他。因为失去他，远比他犯任何错误所造成的代价，都沉痛得多。

01

当你犯了错，第一反应就是跟你吵架，而且据理力争、一定要你认错的男生，一定是幼稚鬼。但争吵过后，如果常常翻旧账，尤其会在自己做错事时拿出来压你，这样的男生一定不够在乎你。

有道送命题问：要道理，还是要女朋友？

在出现分歧时，拼命讲道理的男生，也许只是钢铁直男。但在你犯了错时得理不饶人，事后还总拿出来提的男生，已经不是情商低的问题了，他是真的不够在乎你。他在这段关系中想要占据主导地位的愿望，比和你在一起还要强烈。真正的爱需要体贴，也需要体谅。

爱情是包容彼此的过去，相信彼此的未来。他不愿把你犯过的错翻篇，你要如何相信你们的未来？

就算他在乎你，但这种对一次错误咬住不放的男生，必定不体贴。如果你们相遇得再晚一点，晚到他在过往的爱情经历中慢慢学会了包容与体谅、妥协和善待，也许他才会懂得怎样更好地去爱你。

02

如果一个男生，在你犯错的时候从来不多说什么，是因为他觉得责备与争吵会影响你们的感情，因此刻意避免，这样的男生一定很在乎你。

还有一种男生，他们觉得责备是无意义的，只要你能认识到自己做错了，那么这件事就可以过去了，无须多言。这样的男生绝对是成熟大度，非常在乎你的。

可是有的男生，在你犯错时没什么反应，可能只是因为厌倦争吵，也懒得责备而已。这样的男生并不是大度，而是没有那么在乎你。

洋洋回想和男友老姜在一起的一年多时间里，两个人从来没红过脸。她每一次犯错，比如记错约会的时间或弄丢他的东西，他都会摆摆手说"没事"。

洋洋每次都很感动，也一直觉得自己找到了那个疼爱她的真命天子，尤其是在得知别的朋友和男友因为琐事争吵的时候。

结果情人节那天，老姜去公司接洋洋，看到了放在她桌上的一束玫瑰花。洋洋吞吞吐吐地告诉老姜，有个同事在追求她，并解释说她收下花只是因为不好意思拒绝，没别的。

她以为老姜这次一定会生气，结果老姜一如往日对待她犯过的每个小错误一般，摆摆手说："没事没事，我饿死啦，咱吃饭去。"

在一段感情中，如果第三者的介入都引不起波澜，我不知道还有什么东西能证明爱情确实存在。

往日无数件小事，都姑且可以算作大度，而这一件，只能叫作不在乎。

当你犯了错，不是所有的不生气、不责备、不争吵，都是因为爱。还有可能是因为他并不害怕失去你，所以无心去经营你们的感情。

有些生气是因为在意你，有些责备是因为心疼你，有些争吵是为了解决两个人感情中的问题。

就像我们对于想要珍惜、长久使用的物品，坏了会拿去修，被人拿走会心疼。只有对待不够在乎的物品，才不愿花精力去爱护，如果坏了，大不了就丢掉换新的。

所以姑娘们，别以为那个"无条件原谅"你所有错误的人，一定就是爱你的。

犯错可以认识爱情，可以证明爱情，也可以推翻爱情。

03

还有一种男生，当你犯了错误，他不仅不会责备你，还会反过来安抚你，让你别放在心上，这样的男生一定非常非常在乎你。

阿之的男朋友过生日那天，两人约好一起吃饭。下午领导突然跟阿之说上晚班的人请假了，人手不够，问她方不方便加班，她就一口答应了。

两人约的是6点吃饭，还特意约在阿之公司附近。阿之加班到快9点才想起来这件事，于是匆匆换衣服赶往约定的餐厅。到那里阿之一看，男友还在那里傻傻等着。看到她来了，立刻露出了笑意，甚至还松了一口气。

她一脸自责地道歉："临时加班，忙忘了，实在对不起。"男友却说："我还以为你不来了，吓死我了。来了就好，没关系，忙到这么晚肯定又累又饿，快吃饭吧。"顿了顿又笑着说，"怪我，明知你是个猪脑子，也不多提醒你几次，嘿嘿。"

阿之跟叔讲这件事的时候，叔感觉像是在撒糖。尤其当阿之说到"他看到我来了居然松了口气，他是猪吗？难道以为我不来了，还是出意外了"的时候，叔心里都暖了一下。

迟到本来是一件令人不耐烦的事，尤其是在重要的日子，换谁都可能感到恼火，总会数落对方几句。可他毫无怨言，还笑意盈盈，只关心她累不累，甚至把错往自己头上揽，除了因为在乎女朋友，叔想不到别的理由。

爱是不介意漫长等待，想到那个人正向自己赶来，连等待的过程都充满着喜悦。

他在乎她，在乎到担心她的安危超过对庆生的期待；他在乎她，在乎到不舍得说一句责备的话，甚至不希望她自责，即使确实是她不对。

当你遇到一个人，那些连你自己都无法包容的缺点和错误却被他包容的时候，我想，你遇到真爱了。

当你犯了错误，他的第一反应，以及事后如何处理，能够直接看出他对你在乎的程度。纵然每个男生性格不同，也许幼稚，也许木讷，也许沉默寡言，但面对在乎的人，都是一样的。

叔很喜欢《圣经》里的一段话："爱是恒久忍耐，爱是恩慈，爱是包容。爱是相信，爱是盼望，爱是永无止境。"

相信叔，如果有一个男生，无论你犯了怎样的错误，都愿意包容你，即使争吵，也会原谅你，即使伤心，也愿拥抱你，那么他一定非常在乎你。

愿每个姑娘都能遇到这样的男生，在道理和你之间，毫不犹豫地选择你；在你和全世界之间，也无怨无悔地选择你！

爱情也需要仪式感

有一年七夕，叔收到很多评论：

"我结婚很多年了，老公一直很宠我，每年七夕都会精心为我准备礼物。"

"七夕前刚和男朋友分手，因为他并没有要和我一起过节的意思。"

"其实，他爱不爱你，过个七夕就知道。"

……

叔觉得礼物不重要，节日也不重要，但是你很重要。

01

茜茜从一个月之前，就在为这次的七夕节做准备，她偷偷给男朋友买了他心仪很久的一款耳机。

为了七夕的约会，茜茜还给自己准备了一条漂亮的裙子，特意换了发型。也一直暗暗期待着，男朋友会送她什么样的礼物。

可她男朋友那边一直没有动静，茜茜以为他在给她偷偷准备惊喜，他却没打算陪茜茜过七夕节，还和茜茜说："七夕有什么好过的，满大街都是人，多没意思！"

听完这句话，茜茜别提有多失落了，但还不死心地问了一句："那礼物呢？""要什么礼物，你都多大了，我爱你还不够吗？"男朋友一脸冷漠，语气中透着责备。

茜茜的心情跌落到谷底。

"叔，你知道吗？口红、包包我自己都买得起，饭我能自己吃，电影也可以自己去看，但是我明明有男朋友，为什么却活得像单身一样？"茜茜哭着说。

男孩们，你们真的认为现在的姑娘缺那份礼物吗？想多了吧。她们给自己买口红、包包、护肤品和衣服的时候，眼睛都不带眨一下的。

她们想要的不是礼物，而是自己男朋友对自己的用心。

女孩们想要过情人节，其实是想要一种仪式感，是想要看看自己的男朋友到底对自己有几分诚意，看看自己在对方心里的重量，也想在这段感情里留下更多美好的回忆。

我们都过了耳听爱情的年纪，想要的是一份看得见、摸得着的爱，而不是一份凭借一句"我爱你"就可以打发所有问题的爱情。

和喜欢的人一起庆祝生日、纪念日、情人节，这些都是感情里的仪式感。一段缺失仪式感的感情，就像养了一盆花，任你怎么浇水，它也不会开花。时间久了，你也就对这盆花没有什么期待了。

02

那天，小菲在朋友圈晒了自己收到的七夕礼物，是一本旧书和一封手写的情书。她配文说："谢谢你，愿意为我千千万万遍。"

小菲和她的男朋友是异地，两个人都还在上学。

之前，小菲给男朋友分享了一首名为《纸短情长》的歌，她就随口说了一句："能收到手写的情书，感觉好浪漫。"

　　说者无意，听者有心。为了给小菲写这封情书，她的男朋友还特意练了几个月的字。

　　而那本旧书已经绝版很多年了，她男朋友为了找到这本书，发动了几座城市的好多朋友帮忙。这让我想起《匆匆那年》里，乔燃为方茴跑遍整个城市的书店，找到那本1987年版的《小王子》。

　　小菲说："虽然书和情书都不贵，但最难能可贵的是他对我的这份用心，让我感受到满满的爱。"

　　每个人都很忙，但肯为你花时间和心思的那个人，一定足够爱你。

　　他对你所有的爱都会藏在细枝末节里，他会偷偷记住你说过的每一句话，会跑到很远的地方去买你爱吃的甜品，会默默存钱买下你在商场多看了两眼的那条裙子送给你。

　　他愿意为你准备礼物，也愿意花尽心思讨你开心，因为他最大的幸福便是你。

一个人只有肯为你花心思，才能装点你余生的漫漫岁月。他会在起风的时候，为你披上外套；他会在你不开心的时候，想办法逗你笑；他会在百无聊赖的生活里，为你埋下许多惊喜的种子。

生活很苦，但是他愿意为你把它变甜。

03

也有读者和我说她结婚很多年了，后来有了孩子，两个人就再也没过过情人节了。

有一天中午，我路过花店时，遇到一个爷爷正在精心挑选鲜花，他看上去有六七十岁的样子，穿着西装、打着领结，皮鞋擦得锃亮，一看就是精心装扮过的。

"年轻的时候她就喜欢花，那时候没钱，买不起，我就去山上采一些好看的野花，插在玻璃瓶子里，她能开心好一阵子呢！"爷爷笑着说，"后来条件好了，每年情人节我都要送她一束鲜花。"

我问爷爷："会不会觉得鲜花不实用？"

爷爷一本正经地说："要实用做什么，我要的是她喜欢。女人就是到了80岁也依旧是爱浪漫的，她可以不说，但是你要懂啊！"

说实话，我很羡慕一对老年夫妻，他们依旧恩爱得像一对十七八岁的小情侣。如果他爱你，就是你到了80岁的时候，他也会像18岁的时候一样爱你。

人啊，对于生活和感情，都要抱有一种最初的热情。这种热情不会被柴米油盐消耗，也不会被生活的琐碎打败，是一份毋庸置疑的、历久弥新的爱。

他下班买菜的时候，顺路在街角的花店买了几枝你喜欢的百合；他到别的城市出差，再忙也会给你带纪念品；每一个节日、纪念日，他都提前安排好时间，认真准备好礼物陪你去庆祝。

他可能很忙，但是不会忙到忘记爱你。他可能对所有的事情都很随意，但唯独对你很认真。

叔想跟各位男孩说，其实女孩都很容易感动的，你稍微为她花点儿心思，她就会开心得像个孩子。你对她多一份真诚和温暖，她都愿意陪你共度一生。

女孩想要一份礼物，并不是因为她虚荣。她想要和你一起过节，也不是趋于形式。

你天天给她买花，她也会心疼你花钱；你每天辛苦工作，她也懂你的苦衷；她想要的是偶尔的浪漫，想看到的是你对她的用心。

你加班几天，为她买一个包包，她也会少买一支口红，送你一双你心仪的球鞋。

女孩们希望被人宠，但是更懂得感情是双向的付出，不会一味地去索取。

所以，姑娘，他爱不爱你，过个七夕就知道了。

不肯为你花心思的男人，也不会对你有多宠爱。

没时间陪你的男人，却有时间陪别人，那只能证明他不爱你。

不爱你的人生怕你要得太多，爱你的人就怕给你的不够。

男生是喜欢身高 158cm 还是 168cm 的女生呢

有个姑娘给叔留言说，她身高190cm的前男友，竟然和身高158cm的女生在一起了。

看到前男友找了一个比自己矮很多的女朋友，这个姑娘心里很别扭。她满心委屈地告诉叔，她觉得自己的身高才跟她的前男友最配。

但大叔必须要说，谈恋爱最终还是要找一个足够爱的人，身高上的搭调是别人眼中的体面，但是感情里的舒适度只有自己知道。

能和你携手一生的人，绝不会拿身高来评估你的全部。因为他最在乎的是你，而不是你的身高。

01

我的同事老秦是一个190cm的大高个儿，找了一个160cm的女朋友，他们之间足足30厘米的身高差，也真的是萌坏了。

办公室的男生们有时会围绕"女生的身高"讨论得热火朝天。

有的男生表示："喜欢身高158cm的女生，娇小可爱，有保护欲。"也有男生表示更喜欢身高168cm的长腿小姐姐。

有个人突然问老秦："老秦，你更喜欢身高158cm的女生还是168cm的女生呢？"

老秦说："我只喜欢我家'小多肉'。"

这把"狗粮"吃得猝不及防。"小多肉"是老秦的女朋友，老秦和我们说："你们养的是多肉植物，我养的是多肉动物，还会卖萌的那种。"

你看吧，在真爱面前，身高、体重还真不算什么。

当初那个嚷嚷着自己未来的女朋友一定要高高瘦瘦的老秦，如今牵着身高160cm、微胖的女朋友，温柔地看着她，满眼都是爱的小星星。

在《致我们单纯的小美好》剧中，男女主身高相差28cm，而江辰和陈小希的故事却是甜到炸。

学校开运动会，老师要求没参加运动会的同学，都要戴玩偶发夹为参加运动会的同学加油。可是男主江辰就是不戴发夹，女主陈小希因为长得矮，跳起来都不能给他戴上。最后陈小希撒娇，江辰乖乖地把头低下来，让她帮自己戴发夹。

你高，我可以为你踮脚；你矮，我愿意为你弯腰。

身高差永远不是距离，只要两颗心紧紧挨在一起，便是爱情的全部意义。

02

小文是身高170cm的妹子，她平常总是抱怨："身高150cm和160cm的妹子把身高180cm和190cm的男生都抢走了，都不给身高170cm的女生留条活路，让她们只能和身高170cm的男生相互嫌弃。"

没过多久，小文在朋友圈里开始秀起了恩爱："身高什么的都去见鬼吧，有你爱我胜过一切。"

以前小文觉得一定要找一个比自己高很多的男朋友，

这样两个人走在一起，看起来才比较搭。可现在，她找了一个身高和她差不多的男朋友，却谈着比之前都要甜的恋爱。

"八月长安"在《你好，旧时光》中写道："当你放下戒备，真心想要对一个人好的时候，你就成了瞎子。世上最好的爱情，莫过于你不好，没事，反正我瞎。"

最好的感情就是，你不用多好，我喜欢就好。别人的眼光不重要，身高差也不重要，你最重要。

某知名女星是众多宅男眼中的梦中情人，在一次和某个大众眼中身高是硬伤的知名男演员合作拍摄电影而相识，之后该女星就多次表示此男演员是她的理想型，如果他没有结婚，她一定要把他追到手。而且该电影中两人的吻戏，居然还是她主动加的。

每次提及该男演员，她都少女心泛滥，且坦言道："他踏实又细腻，唱歌还超级好听，每时每刻都会让人开心，跟他在一起肯定会很幸福！"

在某综艺节目中，节目组为该女星筹办了一场"婚礼"，其间男演员对她说："希望有一天，能够看到你露出发自内心的笑容，而不是剧本里要求的笑容。"最后，他还说了一句台词里没有的6个字，"祝你早日幸福。"女星听完，眼中泛起泪花，望向男演员的眼神里都是满满的爱意。

在她的眼里，男演员的身高丝毫没有遮挡他本身的光芒。

虽然不知戏中人的意愿表达是真是假，但是在当时的环境里，亦真亦假中，还是体会到了那份心情。

真正喜欢你的人，会忠于人品、陷于才华，而不是止于身高这种肤浅的喜欢。

03

"年龄比我大3～6岁，身高不低于185cm，性格阳光开朗，颜值要高，身材穿衣显瘦、脱衣有肉，有车有房、年薪五十万以上，不抽烟、少喝酒，成熟稳重……"这是小芳在结婚之前写下的未来男朋友标准。

大家一直认为小芳万年单身的原因，是标准太高又不肯妥协。

可是没过多久小芳结婚了，对方身高175cm，长相平平，工作一般，家境也一般，比小芳还小一岁，是在人群中过目就忘的程序员。

"他几乎不符合我对另一半的任何要求，但是遇到了他，我发现他能给我任何人都给不了的感觉。我就想，糟了，这辈子肯定就是他了。"小芳半开玩笑地说，她的老公在旁边宠溺地摸了摸她的头。

在没有遇到那个对的他之前，你对爱情有一千种、一万种标准，但是遇到之后，你会发现所有的标准都成了他。

这个人不是你曾幻想过的任何一个人，也不符合你的任何标准。但是就算你要的样子他都没有，你也依旧要和他在一起。

因为遇到了他，你才算遇到了爱情。

知乎上有人问："女生到底有多在乎男生的身高？"

有一个评论说："根本不在乎，碰到喜欢的人的时候，身高这种无力改变的东西都是陪衬。"

其实，女生在爱情里会有很多要求都是源于缺乏安全感，就连找男朋友会要求身高也是因为如此。可这个人如果不爱你，就是再高也不会为你撑起一片天。如果他爱你，即便个头矮小，他也依然愿意为你顶天立地。

其实，一个人爱你的高度比躯体的高度更重要。愿你个头不高有人疼，身材高挑也有人宠。

"我一生渴望被人收藏好，妥善安放，细心保存。免我惊，免我苦，免我四下流离，免我无枝可依。"

叔希望你们都能遇到这样一个人，无论你高矮胖瘦，他依然把你放在心尖上，捧在手心里。

你要把心留给懂你的人

在这个世上，能遇见一个懂自己的人真的很难。

两个人是否合适，冷暖自知。和一个不理解你付出的人在一起，你心里的委屈恐怕只有自己知道；和一个有默契的人在一起，你的心里便全是暖意。

你遇到懂你的那个人了吗？

姑娘，多希望你不用学会懂事

都说撒娇女人最好命，这样的女人有可以撒娇的人，有享受被宠爱的权利。而有一些人不是不渴望关爱，不是不需要疼爱，只是还没等到懂她们的那个人。

叔看过一段很有意思的对话：

"你觉得我怎么样？"

"很好，很懂事，是个好女人。"

"那她呢？"

"她只是个小女人，所以需要我的照顾。"

你看，会哭的孩子有糖吃，懂事的姑娘没人疼。

还有一次，叔参加一个会议，当时的负责人是个瘦瘦小小的姑娘。在交流的过程中，她脸色苍白，不断地用手去捂腹部，额头还不断冒汗。叔注意到，在休息的间隙，她从保温杯里倒出了褐色的液体。

工作结束的时候，叔又碰到了她，看她痛苦的样子，我便提出送她一程。听到邀请，这个一直保持着微笑的姑娘突然间就咬住了嘴唇。上车后，她眼泪就掉了下来。

大叔知道，其实再坚强的姑娘，也希望有人懂得自己的柔弱。努力保持微笑的你一定是很累吧？

有句话说："走得累不累，你的脚知道；撑得难不难，你的肩知道；过得好不好，你的心知道。"

越是平日里坚强、爱笑的人，其实越是渴望被人妥帖收藏。总是逞强的你，好像从来都不需要别人照顾，但明明你才最需要别人的照顾啊。

每一个爱逞强的姑娘都有几处不为人知的暗伤，在她坚强的外表下，隐藏着难以诉说的心事。她只是盼望着有那么一个人，能看到她笑容背后的苦涩，沉默背后的无奈。

叔不希望你太懂事，但真心希望你有人懂。

我把你当丈夫，你却把我当保姆

之前叔在网上看到过这样一个故事：女人做好丈夫爱吃的菜等他回家，结果丈夫临时加班，打个电话说不回来吃饭了。女人想起了平日里丈夫对她的各种嫌弃，他回来迟了，责备饭烧得太早，都冷掉了；他回来早了，催促她说："饭怎么还没做好，你今天到底干什么了？"她为他买了几件合身的衣服，却被他指责乱花钱，女人心情顿时低落。

婚姻中最扎心的莫过于你在家忙碌一天、累到半死的时候，老公冷冷飘来一句话："这是你应该做的。"

这种不被懂得的感觉，你是否也经历过呢？是否也被狠狠刺伤过呢？

·

如果在一段感情里，一个女人常常默默承受、委曲求全，却只换来男人的冷语相加，总是感到疲惫不堪、孤独无助，那你可以离开他了。

叔觉得，只有当一个男人能读懂你的内心、听懂你说话、配得上你的好，这样的人才值得你依靠余生。

不懂你的男人把你当妈用，懂你的男人把你当女儿宠

叔的大学同学乐乐，说自己准备结婚了。她在提起她男朋友的时候，脸上洋溢着幸福的笑容。她说在这段感情里自己最感激的一点就是，她的男朋友懂她一个人时所有的逞强。

当她生气时，男朋友会哄她，难过了，男朋友会抱她。只要她需要他，他总是会及时出现在她身边，说一句"我都懂，别怕，有我在"，就给足了乐乐安全感。

你看，当你遇到一个真正懂你的人，就好像有了软肋，又有了铠甲。好像在这浮沉的人世间，有了一个只属于自己的依靠；好像茫茫黑暗里燃着一盏温暖的灯，只为你而亮。

张爱玲给胡兰成的情书，寥寥八字："因为懂得，所以慈悲。"

胡兰成回赠："因为相知，所以懂得。"

很多人都觉得胡兰成配不上张爱玲，但只有张爱玲知道，她只是想要一个懂她的孤傲，懂她的童年阴影，懂她的脆弱的人，陪她度过余生。

余生，你要把自己的心留给懂你的人，因为不是每个人都有福气当你的知音。

多少姑娘就是为了遇见那个懂她的人，余生才不愿将就。

知你冷暖，懂你悲欢

其实爱一个女人很简单，你对她好一点，哪怕是一句理解的关怀，一个温暖的拥抱，即使她之前受过再大的委屈，也会缓解。

感情是不该让女人单方面付出的，也不该让女人独自承受莫大的委屈的。真正爱你的人必然会懂你，知道你为感情有怎样的付出和努力，更知道怎样爱你，才会让你感到满满的安全感。

最真的呵护是，有我在。

最美的感情是，我懂你。

很多时候懂得陪伴比爱更重要。

遇见懂自己的人不容易，可一旦遇见，就是一生的幸福。这样的人值得你用一生的时间，培养一场心有灵犀的恋情。

世界上那么多人，你不需要所有人都喜欢你，你也不能奢求所有人都懂你。你还是你自己，努力的自己。

大叔愿你余生遇见一个人，能看到你掩藏在坚强后的脆弱，心疼逞强的你。

他会知道你的疲惫，懂得你的不安；他会在你皱眉的时候，摸摸你的头发；会在你咬牙的时候，张开双臂给你拥抱；会接受你所有的好与不好，无论何时都会站在你的身旁……

　　叔始终相信，生命太久，不该独走。人生路上，总会有一个人，陪伴你走过世间艰难，对你倾以满腔柔情。

　　希望爱逞强的你，能早日遇到一个懂你的人，他会懂你脸上的笑，更懂你背后的苦，与你携手将余生过成诗。

你笑起来真像好天气

很多时候，人们不是不想发朋友圈，而是太多东西渐渐变了。微信加的人越来越多，能够看到你朋友圈的人也就越来越多，可想说的话却越来越少。

其实最初，我们发朋友圈只是为了分享自己的生活。看到朋友照片上的笑脸，会禁不住评论"你笑起来真像好天气"……明明是很简单的初心，怎么现在却变了样呢?

有些人不再发朋友圈了

"发朋友圈最想让他看到，结果他不在意，渐渐就不发了。"

叔的朋友小艾说："发朋友圈不是关键，发给谁看才是关键。"

小艾之前喜欢上了一个男生，原本一个月才发一条朋友圈的她，变成了一天发好几条，还经常秒删。但后来，她发得少了，甚至再也不发朋友圈了。

她说："当时，我发的都是想对他说的，特别希望他能看到，我还专挑他发完朋友圈之后再发状态。可是他没有，连一个点赞都没有。既然他不在意我发的东西，发也没意思了。"

所以，小艾发朋友圈的本意就是，离自己喜欢的人近一点儿。

那些爱发朋友圈的人，有多少是为另一个人发的呢？又有多少，曾把他的每个点赞，都当成对你的喜欢呢？

但这世上最折磨人的、最无奈的等待，莫过于你断不了念想，却又不确定它能否发生。没有获得关注的朋友圈，就像没有回音的感情，注定会无疾而终。

有些人发的朋友圈都删了

"爱发朋友圈是因为你，清空也是。"

同事娜娜一直默默喜欢自己的学长，为了得到他的关注，她的朋友圈会经常发一些自己跑步、攀岩的图片，因为她知道学长也喜欢这些运动，期待着自己能引起他的注意。但没想到学长好不容易给她评论了一次，说的却是："不会爬别爬，一个女孩子家不用这么好强。"

更令人心塞的是，没多久，她就看到他在另一个女生的自拍照下点赞、评论。他们几十条打情骂俏的对话，她都看到了。娜娜的心凉透了，当晚就把自己的朋友圈清空了。

在爱情里，很多女孩都会变"傻"，就像电影《春娇与志明》里，余春娇说："我喜欢一个男生，他抽烟，我想跟他有共同话题，所以我也抽烟喽！"

可是结果呢？

"后来有一天，他跟我说他要戒烟了。我问为什么，他说他喜欢的女孩不喜欢他抽烟。"

大叔想让你知道，朋友圈虽小，却很容易帮你看清一些人、一些事。

眼里没你的人，你又何必放在心上。既然他心里没你，你又何苦一往情深。就像梁静茹唱的："如果他总为别人撑伞，你何苦非为他等在雨中。挥别错的，才能和对的相逢。"

他爱不爱你，看他的朋友圈就知道了。想送你回家的人，东西南北都顺路。真正在乎你的人，舍不得冷落你。你笑起来的样子，在他看来永远像是好天气。

越来越多的人将朋友圈设置成"三天可见"

"朋友圈里加了太多不相干的人，干脆不发了。"

小长假的时候，大叔计划去国外旅游，想起朋友阿K是旅游达人，打算向他取取经。结果我翻开阿K的朋友圈，却发现他好久没更新动态了。

大叔问阿K为什么不发朋友圈了，他说工作以后加了很多人，发条朋友圈都得小心翼翼地。

其实每个人都会发现，随着工作或者生活变得更加便捷，我们的朋友圈里都多了很多不相干的人，连楼下送水大爷和理发店的Tony都有你的微信。所以越来越多的人，选择把朋友圈设置为"三天可见"。

"三天可见"，成了一个保护自己的权宜之计。

然而朋友圈本是一个人最鲜活的名片，点开好友头像，进入他的朋友圈，就能直观地看到他的生活。可是当你点进去，看到"朋友仅展示最近三天的朋友圈"的提示语时，心里难免会觉得空落落的。

就像陈奕迅唱的那样："来年陌生的，是昨日最亲的某某。"

我们有着成年人的默契，很多事情不用明说，心照不宣地继续生活。只是偶然想起，难免失落。

朋友圈既是一个圈，也是一道坎

朋友圈的英文名叫作"moment"，本意是"捕捉、记录生活的每个精彩时刻"。可是为什么越来越多的人学会了删朋友圈呢？

也许是冷静后的自己，不想让自己脆弱的一面公之于众；也许是特地发给某个人看的，他看了就删了；也许是过了那一刻，就失去了表达的意义……说穿了，都是因为太过在乎别人的看法。

叔想起之前在微博上看到的一段话：

"以前我以为，朋友圈很干净或者喜欢都删掉的人很酷。后来才想明白，朋友圈堆成山的人才是真的酷，没用的链接、过时的段子，以及新欢、旧爱。

"因为他们根本不在乎过去发生了什么，活在现实，看向未来。真正的放下不是绝口不提，而是在回忆涌上心头的某一天，自己笑着跟朋友讲讲。"

这世界有太多纷纷扰扰，只要你在身边就好。所以啊，我的朋友，希望你能保持更新朋友圈，无论你的朋友圈发什么，我都不介意。

因为我只想看到你还在，那就好。我想看着你照片上的笑脸评论："你笑起来真像好天气！"

懂得好好说话的人，运气都不会差

中国有句谚语："病从口入，祸从口出。"可见话语的力量多么不容小觑。

著名主持人蔡康永还为此专门出过一本《说话之道》，里面说："很多人以为：你说什么样的话，会透露出你是什么样的人，但我觉得不只如此。我觉得你说什么样的话，就是什么样的人。"

可以说，一个人的素质与修养全体现在你的话语中。

无论是在生活还是职场，或者是爱情中，会说话的人，往往运气差不了。

01

主持人蔡康永曾当着小S的面问胡歌："你喜欢长发还是短发的女生？"

胡歌说："见到小S之前，我喜欢长发的女生；见到她之后，我觉得短发的女生更有魅力。"

蔡康永追问："如果有机会可以跟小S去旅行，你会带她去什么城市呢？"

结果胡歌机智地答道："带她去她老公在的城市。"

胡歌不仅躲开了别人有意挖的"坑"，又称赞了身边的小S，还不忘与有夫之妇保持距离，这种言语间对分寸感的把握，令人激赞。

其实人与人之间的说话交往方式也应该如此，和朋友说话有分寸，是一个人最高的修养。但事实上，日常生活中的很多人都打着"直爽"的幌子，以"毒舌"行走江湖，口无遮拦。

当你吃甜点的时候，她会说："你看看你的身材，跟猪一样肥，还吃这么高热量的？"

当你买了衣服，她会说："你这衣服一看就是地摊货。"

当你做了指甲，她会说："这颜色怎么这么丑，显得你更黑了。"

而当你跟她说"下次再这么说，我就生气了"时，她会说："我就是直肠子，你怎么这么小气啊！"

大叔觉得，毒舌和真性情是两回事，但有太多人错把刻薄当作直爽，把恶毒当作幽默。"实话"必说，这并不是真性情，而是缺乏教养的一种表现。

在日常生活中，如果一个人管不住自己的嘴，很多时候不仅会伤及别人的自尊，久而久之，也会让自己变得孤身一人。

朋友是我们生命中重要的存在之一，很多时候，我们的好运都来自朋友。如果你懂得好好说话，人缘自然不会差，运气也会随之而来。

02

一个人说话的方式，反映出这个人为人处事的能力。日常生活中如此，职场中更是如此。

罗振宇在《奇葩说》中说："职场，或者说当代社会，最重要的能力是表达能力。"

领导喜欢会说话的人，因为和他们方便沟通，工作效率会更高。同事也喜欢会说话的人，因为和他们在一起顺心、放松，感到愉悦。

在职场中，会说话的人通常有分寸，他们知道在什么样的场合说什么样的话。既能不卑不亢地拒绝别人，做到不伤感情，又能巧妙避开敏感话题。而不会说话的人则会处处给别人添堵，即使他们有过人的能力，也会被人遗忘。

叔听过这样一个故事：老张是公司的一个小领导，以给别人起外号为乐，对女同事也是如此。遇到胸小的，他叫人家"飞机场"；遇到秃头的，他喊人家"地中海"；有个同事有生理缺陷，走路一瘸一拐的，老张叫他"二拐子"。刚开始的时候，大家敢怒不敢言。后来有一次他彻底惹怒了别人，被举报到领导那儿，因此职位不保。

常言道："智人嘴甜，愚人嘴贱。"

会说话的人，不会只图一时痛快，他们既会守住自己的底线，也会照顾到别人的感受。这样的人在职场交际圈中才是受欢迎的，运气自然也不会差。

03

　　有对网红夫妻在网络上迅速走红，原因是小两口在家中使用电器不当，造成失火。事情发生后，小两口不仅没有相互抱怨，还拍下了照片，录下了视频，互祝新的一年红红火火。小两口这种"遇事不责备"的心态感动了很多网友。

　　当事情发生后，本来就已无可挽回，如双方再相互责备，不仅会让对方感到更加懊恼，还会使二人矛盾激增。这个时候你失去的可能不仅仅是物品和财富，还有两个人多年的情感。

　　我们往往把最好听的话留给外人，把最刻薄的话留给自己的亲人。责备一出口就会变成一把尖刀，直刺人的心脏。

　　有时候我们说出去的话，犹如泼出去的水，无法收回。家人本来是最亲的人，应该是彼此知暖知热、相互扶持的，而不是拿最狠的话相互伤害的。

你有没有想过，有时候我们换种说话方式，可能家庭会更加和睦：

当孩子上学要迟到了，你把"在那儿磨磨蹭蹭什么，还不快走"换成"宝贝，东西收拾好了吗？我们马上就要出门了"。

当丈夫喝醉了，回到家，你把"今天怎么又喝成这个鬼样子"换成"头疼不疼？快坐下，我煮了茶，醒醒酒"。

当家里老人和你聊天时，你把"我这边忙着呢"换成"您说，我在听"。

……

语言的改变带来的效果是不一样的，当你给家人的是温暖的语言感受，你家人回馈给你的同样也会是快乐的感受。家庭幸福了，你的运气自然就好了。

04

会说话是一个人高情商的表现，他们懂得开玩笑恰到好处，既会让人哈哈大笑，又不会使人难堪。

之前有个"香港小姐"的比赛，主持人向其中一位姑娘提问："你愿意嫁给肖邦，还是希特勒？"

姑娘答道："我愿意嫁给希特勒，也许这样，就不会发生第二次世界大战。"

全场观众都被她的回答所折服，这个姑娘也因此获得了冠军。

我们常说，爱笑的女孩运气一定不会太差，同样，会说话的人，运气也不会差。

好的语言就像泉水，缓缓流到人的心里，而坏的语言就像利刃，损人不利己。

《战争与和平》中有句话："祸从口出，我的嘴巴是我的敌人。"

因此，不该说的话不要说，该说的也要注意分寸说，守住自己的底线。

　　说话是门学问，也是我们毕生的修行。我们两年就能学会说话，但要用一生学闭嘴。管住自己的嘴，好运自然跑不了！

最好的关系，是我懂你的不容易

什么是"最好的亲密关系"？知乎上有个高赞回答："你说的笑话，她会笑；你说的梗，她能吐槽；面对你的挑逗，她能回应你。她遇到开心的事，会与你一起分享；她遇到不开心的事，你会耐心倾听，在赞同之余，提出自己解决问题的方法与方式。"

也有人说："最好的亲密关系是三观一致，对待问题的看法相同。"

还有人说："最好的亲密关系是经历了大起大落之后，感情还跟最初时一般甜蜜。"

但是我觉得，最好的亲密关系就是，彼此懂得对方的不容易。

01

大姚是我相交多年的朋友，终于他和女朋友结婚了。我是看着他们俩从谈恋爱到步入婚姻殿堂的，五年的感情生活，他们一直都很甜蜜，让人羡慕。

说实话，我一开始是不太看好他这段感情的，因为女方收入高，工作自然很忙，也很辛苦，所以经常会对他发脾气，家务活也都让他干。

身边的朋友都以为等他过了热恋期，可能就会被生活里两人之间的矛盾打败。可没想到，这么长的时间下来，他们俩的关系还是那么好。

我问他是怎么做到的，他告诉我："我懂她的不容易。"

这句话他说得很云淡风轻，不过我明白，这里面包含了他对她的多少宽容与谅解。

他甘愿让步，只因不忍心她难过。他选择迁就，只因不舍得她离开。

因为懂得，所以他原谅她的任性、她的固执、她的不讲道理。不是他不会生气，而是知道不该生气。

作家李月亮曾经写过："众生皆苦，每个人都承受着自己的艰辛。而我懂你，就会对你的苦感同身受，纵使不能为你分担，也要在这苦里加点糖，尽我所能，让你好过一点儿。"

我们总是以为，爱一个人就是懂得欣赏对方的好。其实我们忘了，爱一个人，更重要的是懂得对方背后的艰辛。

02

有一次，悦悦哭着找到我，跟我说："叔，我们分手了，他曾经说过他很爱我的。"

她告诉我，男生当初追她的时候很用心，写了很多封信给她，里面更是少不了各种情话。当时她被感动了，于是两人在一起了。

可是后来，她发现男生越来越不在乎她了。她难过的时候，男生自顾自地打游戏；她想跟他倾诉一下心事，他变得各种不耐烦；她上班很累，一回到家，他却让她赶紧去做饭……

她终于忍受不了，选择了分手，而男生很快又对下一个女孩说着"我爱你"。

原来那个说着爱你的人，其实可以对谁都说爱。

他看不到你的难过，也看不到你的心酸，更看不到你那埋在心底的委屈。他只会说一句"爱你"，却一点儿都不了解你。

说爱你的人，不一定懂你的不容易，但懂你不容易的人，一定很爱你。

03

我想起了我读大学的时候，学院有个校花级的人物。她不仅人长得漂亮，还是个学霸，各种比赛都拿奖项，而且多才多艺，在晚会上经常表演节目。

那时候，追她的人都可以排一个操场了。最后她却选了一个其貌不扬、学习成绩还一般的人。当时我们所有人都百思不得其解，一直到毕业聚餐的时候，才解开这个谜题。

女生说："因为他看出来我的逞强，懂我没有说出口的艰辛。当所有人都在关心我飞得有多高的时候，只有他关心我飞得累不累；当所有人都认为我快乐的时候，只有他会在我赢了比赛后递给我纸巾，让我擦汗；当所有人都觉得我厉害的时候，只有他会在我熬了一通宵做实验后，给我准备早餐……"

当你懂了我的不容易，你就走进了我心里。

廖一梅在《柔软》里写道："我们这辈子遇见爱，遇见性，都不稀罕，稀罕的是遇到了解你的人。"

每个人背后都有无法倾诉的难处，每个人心里都有无法排解的无助。而遇到一个懂你不容易的人，远比遇到一个只会说爱你的人幸运。

你习惯了藏匿心事，默默把委屈埋在心底。他却能一眼就懂，帮你排解，为你分忧。

最美的情话从来都不是"我会永远爱着你"，而是"我懂你"。

大叔愿你孤单时有人相陪，痛苦时有人安慰，那个人会心疼你的负累，珍惜你的感情，懂你的不容易。

2

愿所有的
温柔付出，
都有深情回应

生活中，从来不怕柴米油盐迷了眼，只怕不够爱你的人，
辜负了你心中的那份期盼。你要找一个疼你如初的人，
与他执手迎风，去看高山流水。让你所有的温柔付出，
都得到深情回应。

别再去偷偷想念他

　　微博上之前有一个热门话题——"放弃一个喜欢很久的人是什么感觉？"

　　下面有很多评论："进来的那一刻，你就输了。"

　　"明明是你先说了再见，也是你在无数的夜里偷偷地想念，瞒着所有人继续喜欢了他很久。"

　　"我还喜欢你，可好像只能到这里了。"

　　……

01

　　有一次，麦子大半夜打电话找我喝酒，我赶到的时候，他已经喝得烂醉。

　　"她要结婚了，下个月。"说完这句话，麦子一口气喝完手里的那瓶酒，然后沉默了很久。

　　我再一转头，这个一米八几的大男人哭成了泪人。

"你有没有放弃过一个喜欢很久的人？"麦子问我。

接着，他自问自答道：

"有人说，放弃一个喜欢的人，就像你放火烧了你住了很久的房子，你看着那些残骸和土灰时的绝望。虽然你知道那是你的家，但是你已经回不去了。

"分手的那天，火是自己点的，房子还有残骸，我还可以惦念。可是听到她要结婚了，好像是别人又点火烧了那些残骸，我现在什么都没有了。"

可能经历过的人，都会理解麦子那撕心裂肺的痛。通常分手的时候，你只是放弃了他，但是并没有放弃喜欢他。直到有一天你听到"他要娶妻了""她要嫁人了"，你才突然意识到，这个你喜欢很久的人和付出了很久的喜欢，都该放弃了。

依我看，遇到一个喜欢的人，就验证了顾城《门前》中的那句话："我们站着，不说话，就十分美好。"而放弃一个喜欢很久的人，就如顾城《小巷》中写的："你拿把旧钥匙，敲着厚厚的墙。"

从放弃的那一刻起，你就再也回不去了。纵使你依旧心有所念，也抵不过她心有所属。

02

有一个男生发了一段抖音视频，内容是他相恋9年的女友要和别人结婚了，他咽不下这口气，召集了一帮兄弟要去把新娘抢回来。

有一条疑似女主角的回应："放手吧，等了你9年，换你一次后悔，值了！"

平时总是三分钟热度的你，却喜欢她那么久；平时总是丢三落四的你，却把她放在心里不肯丢。

你明知道她已经找到了新的英雄，却还想为她逞强，做她的盔甲。可是你忘了，你曾经也是她的软肋。没有人会一直等你，她为你付出整个青春，到头来却是感谢你的不娶之恩。

我有一个朋友，谈了一场分分合合11年的恋爱，最后他们还是没能在一起。

我问过他："放弃一个喜欢长达11年的人，是什么感觉？"

"那是一瞬间的如释重负，也是一转念的心如刀割。重获了自由，也好像永远失去了自由。"他抽着烟，"好像已经花尽了毕生的力气去爱她，再也没有勇气去爱别人。"

他无比平静地说着这些话，每一句都让人心疼。

没有人知道在这平静的背后，是他曾在无数的深夜，一个人拼命地抽着烟、心被撕裂的疼痛。他看到一个很像她的背影，都能跟着走很远。他闭上眼的每一个梦都是关于她的，他锁起了关于她所有的东西，那个平凡的名字成了他不敢提起的痛。

很多年以后，你还是会想起她，可再也不会主动想她了。

03

洛洛分手后的第三个月，在一家餐厅门口遇到了前男友，他在低头给一个可爱的女孩系鞋带，满脸都是宠溺的笑。

洛洛顿时傻站在那里，抱着身旁的闺密哭了好久。

"看到他喜欢别人的那一刻，我好像重新失去他一次。"洛洛说这话的时候，整个人都是抖的。

那家餐厅，他们第一次吃饭来过。那个男孩，洛洛喜欢了六年。

他们分手后，洛洛QQ里为他单独设置的分组还为他而保留着，空间里记录的他们在一起的点点滴滴也都没舍得删。她拉黑了前任的微信，却时常翻出来，看一眼他那仅对陌生人可见的十条动态。她屏蔽了他的微博，但想看的时候也可以一下子找到。

删除、拉黑、屏蔽前男友，其实洛洛一件事都没有做到，她依然没能接受自己六年的喜欢早已变成泡沫。她一夜一夜地失眠，翻来覆去，一旦闭上眼，他们过去在一起的每一帧画面都在重放。

那天偶遇过后，洛洛卸载了QQ，取消了对他的微博屏蔽，删除了他的微信好友。然后，洛洛和我说："我知道这不是真正放下了，但我只能用这种方式逼着自己放下，太难了。"

三年后，洛洛第二次遇到前任，他身边已经换了另一个姑娘。

这一次，洛洛没有躲，也没有哭。她迎面走了过去，笑着和他打了招呼，她的言谈举止十分从容。

洛洛说："放弃一个喜欢很久的人，是当他已经不属于你了，无数次想触碰又收回手。"

分开后才知道，放弃和放下之间还有一段刮骨疗伤的过程，你还想为他做些什么，可是早已经没有那个身份了。你努力变成更好的人，是因为他，却不是为了他。

真正的放弃，是即便有一天你看到别人拥有了这样东西，你也没有了想夺回来的冲动。是多年以后，我再遇见你，可以浅浅一笑，心中没有任何波澜和欢喜。

真正的释怀，不是开不了口的潜然泪下，而是能讲出口的云淡风轻。

李宗盛在《当爱已成往事》里唱道："我对你仍有爱

意，我对自己无能为力。"

既然爱到无能为力，不如就此放过自己。

无论怎样，已经放弃了，就不要再一味地迎合和付出，乞求得到他的一点点回应和关注。你总会明白，一个人就算承受孤独，都要比委曲求全地爱一个人舒服得多。

"就像卡在喉咙的刺，终于被咽下去了，可你的喉咙还是会痛。不过没关系，你总会遇到一个适合你的人，你们相爱且默契，但是你要等。"

你不要再去偷偷想念他，也不要悄悄回头，你要做的是努力地长大，有能力爱自己，也留点儿余力爱别人。

也总有一天，你会听懂这首歌里的另外一句歌词："有一天你会知道，人生没有我，并不会不同。"

最后，叔送给你们一段很喜欢的话：

"当你在不断往前奔跑的时候，愿有人和你一起数晨昏，陪你走到青丝剥离成白发，春雷响彻寒冬。愿你即便强大到无须有人陪，却依然幸运到有人细水长流地陪在身边。"

我终于把喜欢的人拉黑了

大叔在知乎看到一个提问："你为那个不爱你的人做过什么傻事？"

其中一个姑娘的回答，让人很是心疼："默默把聊天框中自己发出的、但没有得到回复的消息删掉，再展开新的聊天。"

原来，每个人都曾为明知没意义的事情执着过。

想告诉他每一件举足轻重的事，所以总是在长篇大论；想了解他每一件无关紧要的事，所以总是以问句结尾。

在微信聊天框的绿色气泡中，那一个个没得到回答的问号，像是尖锐的钩子，戳破所有的勇气。

原来，喜欢一个人会累；主动久了，会崩溃。

01

冬冬常常跟我提起一个男生，在她眼里，那个喜欢打篮球的男生，和别的男生都不一样。

她总是假装不经意地找他聊天，以故作轻松的语气掩饰心中的紧张与期待。

然而翻翻微信聊天记录，总是绿色对话框多，白色对话框少，也从来没有一次的聊天是由他发起的。

可当精心设计的话题没能得到回复，她心灰意冷之际，便会收到他短短的一句"刚才没电了""刚打完球，累死了"之类的解释。

于是她又重燃希望，告诉自己"他并不是不想回我，只是没看到""他会跟我解释，就是在乎我"……

她就这样在虚妄的幻想中继续坚持，在他的只字片语里寻找勇气。

傻姑娘啊，大叔想告诉你，他如果爱你，就不会舍得让你等待。

终于有一天，冬冬看到他一分钟前刚发了朋友圈，而自己半小时前发给他的消息，依然没有得到回复。冬冬对着那条朋友圈想了很久，然后把他拖进了黑名单。

原来，你并不想跟我聊天。你偶尔的回复，在我眼里是希望，在你看来却只是礼貌而已。

我对你的喜欢，是倘若我们中间隔着100步，99步都由我来走也没关系。可你至少要向我走出1步，我才能知道，当我好不容易走到你身边，迎接我的不会只是一个背影。

02

阿蓝喜欢的人是她最好的"哥们儿"。她比任何人都要了解他，接得住他每一个脑回路清奇的梗，见过他每一任女朋友。

他说："没人比你更懂我。"她便看到了希望。

她坚信那句"只要最后是你，晚点也没关系"，于是日复一日地等下去，想等到他终于能发现自己的心意。结果他女友换了一个又一个，还不是她，又不是她，始终不是她。

她没勇气当面和他表白，因为能成为好友也不容易，却又不想这么无休止地等下去，于是便把心意藏在朋友圈里，百转千回，花式表白。

她分享无数描写暗恋的歌，并挑出最像他们的歌词发到朋友圈。

"进一步，退一步，都害怕打破，又不想在原地永远做朋友。"

"无论你喜欢谁，请你记住留下给我这位置，时常在内心一隅，空出几寸为我坚持，比不上恋人，但厮守一辈子。喜欢你，最好不要讲，安守这位置。"

她乐此不疲地发这些暗示性的朋友圈，期待他能看穿，到后来越来越明显，暗示变明示，但他仍然无动于衷。

直到她有天忍不住问他："你猜我朋友圈是在说谁？"而他一脸蒙，说了句："啊？什么朋友圈，你说什么了？"

她才恍然大悟，原来这些用尽心思的文字游戏，只是她的自导自演，他从来都没有想过什么。

有多少人的朋友圈，只为一个人而写，那个人却从来没有解读出你的情意。大叔想说，也许他不是傻，也不是装傻，只是真的不在乎你。

要知道男生是很自作多情的生物，他如果对你有意思，你多看他一眼，他都觉得你爱他。可他如果对你没兴趣，你再直接的表白，他也听不进去，你根本不需要那些迂回的试探。

男生也是很直接的生物，认识这么久，如果他爱你，又怎么舍得只跟你做朋友？"最好的哥们儿"，大概是男生最明确的拒绝。

也是在那时，阿蓝终于明白，她永远等不到想要的结果，终于一咬牙，拉黑了这位"好友"。

"如果最后也不能是你，那我就不等了。"

同你亲密到无法更亲密之后，才得知"友谊万岁"已是尽头。如果此生我们只能当朋友，那就算了吧，我没那么缺朋友。

03

小符把喜欢的人设置成微信聊天置顶之后，遇到什么有趣的事都会跟他说一说。看到什么东西，明明不相干的，也会在心里绕几个弯，想到他。

直到有一天，她帮他拿了一下手机，不小心点开微信，却发现自己被他设置成了"消息免打扰"。她愣住了，才明白，原来她的思念和话语，在他看来只是打扰。她拿起自己的手机，看到微信中他被置顶的头像，苦笑了两声，然后拉黑了他，而他再也没有找过她。

你根本没发现已经被我拉黑了吧？毕竟我的消息被你设置成了免打扰，本来也不会提醒。或者你难得清闲，巴不得我此生都别再打扰了吧？

爱情就像乘法，其中一项为零，其结果永远为零。

拉黑一个爱而不得的人，是亲手卸下铠甲，也是让自己不再有软肋。

"我字字皆你，而你句句非我。"这样的爱情，一次就够了。

04

也许，这世间很多事，只要你努力都会有结果，唯独爱情不是。

若你的字斟句酌，你的情深义重，在他那里毫无重量，那就不要再对他掏心掏肺了，喜欢一个人喜欢得卑微到尘埃里，并不能够开出花来。

固执地爱一个不爱自己的人，如同在一场注定赢不了的游戏中孤军奋战。与其无休止地撑下去，不如大方地认输，然后选择退场。总要先结束一场败仗，才有再开战的机会和打胜仗的可能。

我终于把你拉黑了，这要多谢你不爱之恩，我才能不再纠结。我曾想要给你我全部的温柔，可到了最后，只剩下我的"不打扰"。我比谁都希望你能幸福，但是无论你幸福与否，我都不想知道了。

大叔想告诉大家的是，丢掉一个本来也不爱你的人，不是什么重大的损失。但失去了很爱他的你，对他来说是重大损失。而你的大好人生才刚刚开始。

往后的生活，你要好好爱自己，好好珍惜自己那颗为他受尽苦楚的心。因为未来总会有一个人，小心翼翼地将你拥入怀中，以漫长的岁月弥补你受过的所有委屈。

握不住的沙，放下也罢。只有扬掉这把沙，才能腾出手来，去牵住那个在前方等待着你的人。

旅行一次才知道，他到底适不适合你

有一年国庆假期还没结束，大叔就看见琳琳发朋友圈吐槽旅行失败。

琳琳原本计划那年年底结婚，特意借着国庆小长假和男朋友出去旅行，结果没玩几天就提前结束行程，两个人以分手告终。

说起出去旅行的这几天，琳琳叹了口气："别提了，出个门旅行，才知道我们到底合不合适。"

原来那几天，琳琳的男朋友一直当甩手掌柜，零攻略、零规划。餐厅是琳琳临时订的，路线是琳琳前一晚熬夜查的，景点也是琳琳自己选的。

"怕了怕了，不分手我留着给他当妈吗？"琳琳边说边摇头。

也的确，旅行是最能暴露人性、三观和生活习惯的。

从旅行前的请假、安排计划、查攻略等筹备工作，到旅行中的订车票，以及吃饭、住宿等方面的安排，从这些琐碎的细节中最能看出两个人合不合适。

出门旅行就像是婚姻的缩影，是检验爱情的最好标准。

01

朋友老金和女朋友佩佩就是在公司组织的旅游中走到一起的。

那次老金公司组织集体旅游，平时古灵精怪的同事佩佩感冒又晕车，整个人都蔫儿了，一路上话都没说几句。

到了景区，佩佩在路边抱着垃圾桶狂吐不止，平时追佩佩追得热火朝天的小伙子躲得远远的。而暗恋佩佩很久的老金二话没说，直接走到跟前，一边轻轻拍打她的后背，一边拿纸巾给佩佩清理不小心溅到衣服上的呕吐物。佩佩吐完之后，老金又递上矿泉水。

大部队都去参观了，老金自告奋勇留下来照顾佩佩。他先是把佩佩扶到休息区，又跑去买了些清淡的粥和水果，顺便还买了呕吐袋，以及三种晕车药、感冒药等东西。

"你先吃点东西，然后把药吃了，我不知道哪种好用，就都买了。还有晕车贴和风油精……"老金话还没说完，佩佩的眼泪就哗哗地往下掉。

老金以为佩佩是难受，赶紧说："你是不是还不舒服？我带你去医院吧。"

佩佩看着老金笨手笨脚又极力照顾她的样子，擦着眼泪说："我就是挺感动的，你都没嫌弃我吐了一身，还这么照顾我，谢谢你啊！"

这一路上，老金对佩佩百般照顾。为了分散佩佩的注意力，老金还特意学了很多笑话，逗佩佩开心。

佩佩看在眼里，心里满满的都是感动和温暖。旅行结束的时候，老金问佩佩："以后能不能都由我来照顾你？"佩佩笑着答应了。

一个人口口声声说"爱你"的时候，别急着感动，等他对你体贴入微、照顾有加的时候，再决定爱他。

在旅行中，你最能看清一个人是用嘴巴爱你，还是用实实在在的行动去爱你。

02

小雨和男朋友原本计划国庆一起出去游玩，也正好赶上二人一周年纪念日，他们满心欢喜地筹备着旅行。

小雨喜欢文艺浪漫的地方，一直都想去大理，她兴致勃勃地跟男朋友提议，没想到他一口回绝了。她男朋友想去西安看兵马俑，觉得历史文化丰富的地方才更值得一看。

两个人僵持了好几天，在小雨软磨硬泡中，男朋友终于妥协了。

紧接着，两个人在订酒店方面又出现分歧，小雨想住有当地风格的民俗房，男朋友非要住酒店，这一次是小雨做出了妥协。

光是前期筹备就消耗掉了一半的热情和期待，没想到旅行中，两个人的分歧愈演愈烈。

小雨想去逛古镇小巷，男朋友则觉得逛街很累，愣是赖在酒店没出门，小雨赌气自己背着包出去了。

人生地不熟的小雨在街上晃了一整天，也没收到男朋友的一条微信和一通电话。她看着成双成对的小情侣，心里很不舒服，晚上一个人在街边的酒吧喝着闷酒。

小雨回到酒店的时候，男朋友已经倒头大睡，再看看扔了一屋子的衣服、脏袜子，以及桌边吃完没收拾的外卖盒，小雨终于明白，并不是所有相爱的人都适合相伴，喜欢和合适是两回事。于是小雨在回程的路上提出了分手，两个人在机场直接分道扬镳。

这让我想到日语里有个词叫"成田分手"，就是因为很多新婚夫妇蜜月旅行中发现彼此三观不合、习惯不合，回程途中，就直接在成田机场分手了。

在旅行中，恋人会24小时腻在一起，双方所有的生活习惯都暴露无遗。从空调的温度、窗户敞开的大小、牙刷摆放的方向，到吃饭的口味、景点的选择、作息时间等小事上，都能看出两个人在生活习惯上是完美契合，还是大相径庭。

旅行一次才知道，你喜欢的人到底适不适合你。

03

晨晨和阿栋国庆也一起出去旅游了，他们下火车的时候是凌晨3点，北方早秋的温度很低，衣着单薄的晨晨，下了火车冻到发抖。

从站台出来，门口各种出租车和三轮车满满当当，阿栋过去问了一下出租车的价格，被告知大概四五十元，晨晨刚要上车，阿栋转身走向旁边的三轮车，为了两三块跟司机讨价还价。

晨晨在一旁尴尬地站着，第一次跟阿栋出来玩，她没好意思驳他面子，跟着阿栋挤在小三轮里颠簸地到了酒店，晨晨冻得鼻涕直流。

下车之后，晨晨发现阿栋为了省钱，把酒店订在了离市区很远的地方，周边一片荒凉，连个吃饭的地方都没有。

第二天，阿栋竟然带着晨晨挤了一个小时的公交去景区。

在山顶坐缆车下来，20块钱一张的合照，工作人员问要不要的时候，晨晨兴高采烈地说："要。"阿栋却冷着脸说："不要，太贵了。"晨晨尴尬得恨不得找个地缝钻进去。

紧接着，在门口的特产店里，阿栋给亲朋好友买纪念品一下花了好几千元，眼睛都不带眨一下的。可笑的是，那十几份的特产里，没有她的那一份。

"特产我自己买得起，我气的是他心里没有我。"晨晨失望透顶地和我说，"我从来没想占他的便宜，每次他送我礼物，我一定回送一个更贵的礼物给他。这次算是看清楚了，他不是节俭，也不是没钱，就是不舍得为我花钱。"

大家都知道，愿意给你花钱的男人不一定是真的爱你，但是一个不愿意为你花钱的男人，一定是不够爱你的。

以前都说"谈钱伤感情"，但是好的感情一定要谈钱。旅行都不舍得为你花钱，还指望着他以后在婚姻生活中上交工资卡和财政大权吗？别傻了，他对别人出手阔绰，唯独对你吝啬，不是他缺钱，而是他觉得你不值得他为你花钱。

钱锺书先生在《围城》里说："旅行最实验得出一个

人的品行。旅行时最劳顿麻烦，叫人本性毕现。经过长期苦旅行而彼此不讨厌的人，才可结交做朋友。"

在旅行中，懒惰、不讲卫生、娇生惯养、大男子主义等，这些之前可能伪装得很好的坏毛病，在旅途中都会显露无遗，露出最真实的一面。

平时你看到的他，不过是他想让你看到的样子；但旅行中的他，才是最真实的他。

等你见过对方胡子拉碴、满脸油光、素面朝天的样子，见过对方打嗝、放屁、磨牙、打呼噜等怪毛病，还可以欣然接受，并觉得对方可爱的时候，再决定用力去爱他。

等你们遇到分歧，彼此能够和和气气地商量，愿意相互迁就和照顾的时候，再决定那个人就是他。

等到你们经历过一场愉快的旅行，爱得更加深切的时候，再决定相伴余生。

叔希望你们都能在风尘仆仆的旅行后，找到一个灵魂契合的伴侣。你们一起牵手旅行，看过良辰美景，更加坚定身边所爱。最终，你会在他的眼里，找到最美的那片风景。

曾经那么傻，却那么真

01

每个人的朋友圈里，都至少有一个爱秀恩爱的人。哪怕他游荡在被朋友拉黑的边缘，也想要迫切分享自己恋爱的甜蜜。

叔的朋友圈里也有这样一个人，这哥们儿日常就是发发和他女朋友的合照，偶尔也发几张女友给他做的饭，在深夜里拉仇恨。

但是后来，我这个最爱秀恩爱的朋友却分手了，他的朋友圈久久未再更新，直到有一天晚上喝醉了，才发了这样一段话："我和她在一起2142天，快6年了，在我什么都没有的年纪，她把最好的青春都给了我。这是失去她的第61天，酒不好喝了，月色也不美了……说好的还要一起完成好多好多的事，你怎么能先离开我？"

原来有些恋人，不论曾经在一起的时候多么美好、甜蜜，都不一定可以走到尽头。

我们都曾拥有过一段真挚的感情，到头来却发现，有些人不知道怎么走着走着就散了。

有人说："爱情是奢侈品，也是限量版。"我们心里一直都保留着那个独一无二的人，但是终究无法回到过去。有些东西错过了，就一辈子错过了。

02

在漫长的岁月中，我们都能守住一个不变的承诺，却再也找不回被自己弄丢的那个人。你会慢慢发现，原来失去、错过、遗憾，才是人生常态。

但是如果时间倒流，我想你一定愿意回到过去，再疯狂一次，再傻一次！在大叔的后台留言中，很多读者也讲了自己那些为爱做过的傻事：

"大一圣诞节的时候，我坐了二十多个小时的火车来到他的城市，事先也没告诉他，本来想给他一个惊喜的。但是到了之后，他手机正好没电关机，一直联系不上，我在风里站了2个小时等他。晚上11点左右，远远看到他从自习室回来，我激动地一路冲到他怀里，死死抱住他。他直接愣住了，好半天才焐住我的手，颤抖着说：'我看你是个傻子。'"

——里昂小姐

"隆冬半夜，约上他和两个作陪的同学在空旷的公园小山坡一起看流星雨，很冷、很开心，但是他并不喜欢我。"

——Goshen

"因为她的一句话，我义无反顾地考到了深圳，三年后她却去了上海。"

——如果巴黎不快乐

"一见钟情。她辞职去享受gap year，在南亚待了八个月。我辞职，沿着她的轨迹去她去过的每个地方。"

——旺仔小书书

年轻时爱一个人，总是不得章法。可能只是因为想要给对方做个爱心晚餐，反而一把火把自己的眉毛烧光了；可能只是因为她说了一句想念，就冲动地坐72小时的火车硬座，千里迢迢赶去看她一眼；也可能只是因为不放心他一个人在异地，就打包所有行李，毫不犹豫地来到他的城市，从头开始……

曾经那么傻，却又那么真；那么疯狂，却又那么令人难忘！因为这世间再也不会有任何东西，比年少时的一颗真心更加可贵。更因为"傻"过，才算真正爱过！

03

也许每个人的记忆里都藏着一个人，他是你曾小心暗恋，求而不得的；是陪你疯狂傻笑，共度青春的；也是伤你至深，却又让你念念不忘的……

很多故事就是这样，初时甜蜜，最终离散。赌气的时候说过老死不相往来，可是经年之后被时光洗礼，留下来的反而是美好的部分。

而关于那些未完成的故事，吴克群的歌《你敢不敢再傻一次》里面这样唱着："如果时光也能回心转意，你敢不敢再傻一次？如果要你陪我再傻一次、再疯一次，你愿不愿意？"

　　人这一生，只有傻过、疯过，才算爱过。只有爱过，才算真正活过！

结婚后最可怕的，就是遇见了今生挚爱

01

大叔有一位女性朋友，在五年的婚姻生活中，一直幸福美满，还育有一对可爱的龙凤胎，她和她老公是朋友圈里公认的一对模范夫妻。

可有一天她突然和我说："大叔，我想要离婚……我找到今生挚爱了。"

我有些惊讶地问她："你怎么确定他就是你的人生挚爱？"

她说："遇见他之前，我从来没有过这样的感觉，每天看不到他，我就心慌，脑袋里就只有他。如果他和我老公同时出现在我面前，我一定毫不犹豫地选择他。"

我思量了一会儿，问了她一个问题："还记得当时你为什么嫁给现在的老公吗？"

她脱口而出："当然记得，那时我多爱……他

啊……"她的声音却渐渐弱了下去。

多么熟悉的口吻！《我的前半生》中陈俊生不顾一切地要离婚，子君追问原因时，他的回答是："我爱她，我无可救药地爱她。"

子君苦笑道："当初你也是这样对我说的。"

有人说："结婚后最可怕的，就是遇见了今生挚爱。"可是别忘了，人们最初结婚的原因，不就是遇到了今生挚爱吗？

人都是不满足的。张爱玲说："也许每一个男子全都有过这样的两个女人，至少两个。娶了红玫瑰，久而久之，红的变了墙上的一抹蚊子血，白的还是'床前明月光'；娶了白玫瑰，白的便是衣服上沾的一粒饭黏子，红的却是心口上一颗朱砂痣。"

这不是男人的劣根性，而是全人类的劣根性。不然为何我们总是愿意注目遥不可及的事物，而对眼前的一切漠然无视呢？

02

也有人说："这一生可能遇到鬼也不会遇到今生挚爱，只要遇到了，别说离婚，我可以把命都给他。"

但当你真的离婚了呢?

电影《昼颜》中的女主纱河，就是在结婚后，遇见了她的今生挚爱北野。她为了北野毅然决然地和老公离婚，两人终于住在了一起。可在他们同居的生活中，两人很快就发现了出轨恋人都有的毛病，那就是无法相互信任。

纱河忍不住跟踪北野，而北野则随时紧盯着纱河的工作动态。两人自私又矫情地过度猜疑彼此，毕竟他们心中都深刻明白，最开始纱河就是背叛了他人和北野在一起的啊!

我在和深爱的你在一起时，就知道了你的背叛，所以你的每一次外出，你的每一个行为，总是让我猜忌你会什么时候背叛我。

昆德拉在《不可承受的生命之轻》里说："第一次的背叛是不可挽回的，它能引起更多的背叛。"

而一段幸福婚姻的根基是什么？是信任，是毫无保留的身心交付啊！

即使你为"今生挚爱"离了婚，再结婚，可是谁能保证你不会重蹈上一段婚姻的覆辙？也许你还会遇见下一个"人生挚爱"，并因此抛弃你的现任。

电视剧《离婚律师》里有一个"穷小子"董大海，起初他什么都没有，是在妻子苗锦绣的陪伴下成了一个有钱的大老板。之后董大海又找到了"今生挚爱"罗美媛，狠心离婚，抛下了苗锦绣。

当出轨的人在寻找新的幸福的时候，有没有想过始终把他当成"今生挚爱"的另一半呢？这些人的爱与付出呢，又去哪里寻找"今生挚爱"呢？

在和董大海离婚时，苗锦绣说："我从来没想过我深爱的男人会跟我离婚，我不知道为什么，不知道我错在哪儿了。他留给了我很多钱，可是我不需要钱，我想要我的家，我想要我丈夫。"

不忘来时路，珍惜眼前人。请记住，当你决定和一个姑娘真诚相爱并结合的时候，这个世界上，就不存在什么别的今生挚爱了。

你怀里的姑娘就是你的今生挚爱，没有之一。

如果你时刻怀着一颗求偶的心，那么你早晚会遇到所谓的"今生挚爱"。但既然你已经结婚了，为什么还要抱着一颗求偶的心呢?

为什么要远离那个一直消耗你的人

我们常说："一厢情愿，就要愿赌服输。"

其实任何一种感情，光靠一个人死撑是没办法长远的。一段好的感情一定是势均力敌的，两个人的付出有一个平衡点才能稳定。不然怎么风雨同行，感情的小船迟早要翻。

但你要知道，不是所有的人都懂得珍惜。有的人就像是感情里的蜱虫，只会一味地索取，不知道珍惜，更不懂得感恩。他甚至会把你的付出当作是理所当然的，日久天长，不但没有悔改，反而变本加厉。

当你遇到这种人的时候，一定要小心了，这就是一直在消耗你的人，他是会掏空你的，你一定要躲得远远的。即使你再爱他，也要趁早离开。

01

我师弟李松跟我说，他把在下铺睡了四年的兄弟拉黑了。说实话，我一点儿都不意外，要是我是李松，我早就把他拉黑了。

李松在复习考研的时候，除了吃饭的时间，都泡在图书馆里。他下铺那哥们儿，每天在宿舍打游戏，一日三餐都让李松帮忙带。李松碍于面子，不好拒绝，就义务当起他的"长期带饭人"。

李松得急性肠胃炎的时候，被研友送进医院。中午室友打来电话质问他："你怎么还不回来？我都要饿死了！"声声指责尖锐刺耳，他早就把李松的帮忙当作了理所当然。

"不好意思啊，我病了，在医院。"李松说。

"那你怎么没早点儿告诉我。"室友埋怨着挂了电话，而且对李松生病这件事没表现出半点儿关心。电话挂断后的嘟嘟声，像是一阵嘲讽，让李松的心凉得透彻，于是李松直接拉黑了他的微信和电话。

这样老死不相往来也好，一了百了。人心换人心，有的时候是换不回来的，因为不是所有人都懂得知恩图报的。

很多人都有一种病，叫作"懒病"，永远都治不好的那种。而且他们的惰性只会增长，是你永远都满足不了的。所以远离那些披着"朋友"外衣，一直消耗你的人，我们要心存善良，但也要拒绝无节制的索取。

经济学上，有句话叫"及时止损"。对于那些一直消耗你的人，一定要趁早远离，否则毁掉的可能就是你的一辈子。

02

后台有姑娘给叔留言说："我感觉男朋友已经不爱我了，但就是不提分手，我该怎么办？"

傻姑娘，你还坚持什么？当你都感觉出他不爱你的时候，他一定是不爱你了。他不肯跟你提分手，又不想好好地爱你，无非就是想一直耗着你。要么就是用冷暴力逼你提分手，要么就是耗到找到下一任，再一脚把你踢开。你坚持的结果，无非是做一个高质量的备胎。所以啊，姑娘，你可长点儿心吧，这种男人要不得，也不值得你爱。

朋友小米和谈了七年的男朋友分手了，可分手三个月后，她的前男友竟然和别的姑娘领了结婚证。

分手是小米提的，两个人兜兜转转很多年，已经到了适婚年龄，双方父母也多次催促，但小米的前男友始终没有给出明确的态度。每次提到结婚，他都支支吾吾用各种理由搪塞过去。两个人的感情一直不温不火，这么多年一直止步不前，小米最后忍不住提出了分手。

"没想到他转身娶了别人，而且那个姑娘论长相和能力都不如我，是不是很讽刺？"小米调侃道。

其实，他耗着你，无非是不够爱你。

大家都挺忙的，不爱了就别耗着，放过对方也放过自己。大不了就各走各的，又不是非你不可。

耗着，只会把以前的那份美好一同消耗干净，到最后，两个人的感情面目全非。

姑娘，不要对那些无果的感情抱有希望了，他要是想给你结果，早就给了，也不会僵持到现在。

这种人你耗不起，但躲得起。

03

有一次，我去菜市场买菜的时候，遇到了高中同学小晴。她娴熟地挑完蔬菜，和小贩讨价还价，那架势像是久经菜市场的老手。

小晴素面朝天，鼻尖泛着油光，顶着一头乱蓬蓬的头发，穿着宽松的衣服，依旧无法掩盖臃肿的身材，脚踩一双和我妈同款的平底鞋。要不是她主动跟我打招呼，我真就没认出来。

当年的小晴可是班里的学霸，考上了大家都很羡慕的大学学金融，毕业后在一家外企工作。结婚两年后，她为了照顾孩子辞职，做了全职妈妈。可怎么结婚两年，小晴就从28岁的样子变成了48岁的样子？我不知道她是怎么接受得了这么大反差的。还是说她已经对自己和婚姻，破罐子破摔了？

女神朱茵曾说过一句话："如果你自己照镜子的时候，看见你越来越美，你就是找对人了。"

我很难想象是什么样的婚姻，把一个光鲜靓丽的女人消耗成这副模样。当初那个踩着高跟鞋、带着精致妆容、拿着金牌业绩、出入办公场合的优秀职业女性，怎么就变成毫不顾及自己形象的邋遢主妇，失去了当初所有的光环？

后来我跟几个哥们儿小聚，从他们那儿听说，小晴那时忙得焦头烂额，她的老公出轨，第三者直接挺着孕肚，上门逼婚来了。

我想起那次她孤单的背影，内心五味杂陈。原来不好的婚姻就像硫酸一样，会侵蚀你本来的样子。

一味被消耗的爱情，到最后，只剩千疮百孔。

04

比尔·盖茨在接受杨澜采访时，被问到他一生中最聪明的决定，是创建微软还是大举慈善。他回答说都不是，找到合适的人结婚才是。

盖茨的夫人梅琳达婚后不仅为盖茨生儿育女，更凭借出色的统筹能力，把生活与资产管理得井井有条。而盖茨也在梅琳达的帮助下，顺利度过了离开微软CEO位置的转型。

你看，一段好的婚姻，是可以滋润你，让你变成更好的人，而不是消耗掉你本身的光彩。

低质量的婚姻就是一个无底洞，打着"为了这个家"的名义，无限量地透支你，总有一天你会筋疲力尽。

被婚姻耗尽的女人，其中坚强的人选择了离开和"重生"，另一部分人选择了垮掉。

所以，你不要再沉浸在为婚姻无限付出的自我感动里了。一个美满的家庭是需要每一位家庭成员都为之付出努力，相互扶持、相互成就的。果断离开消耗你的人，才能把自己的损失和伤害降到最低。

在感情的海洋里，无论是友情还是爱情，一厢情愿地付出，感动的只有自己。

人这一辈子本来就不长，你要学会为自己而活，学会拒绝和远离消耗你的人，不要为了这些人而浪费自己的生命。不要和耗着你的人去讲道理，他们要是懂道理的话，也不会一直耗着。也不要等他们幡然醒悟，他们要是有这种觉悟，就不会忍心让你一个人付出。

对于那个一直消耗你的人，远离才是最好的选择。

男人不想结婚，真相只有一个

朋友娜娜向大叔诉苦："我和男友都恋爱七年了，男友却一点结婚的意思都没有。偶尔提起来，他只用一句'没到结婚的时候'就应付过去。"

大叔听完也就了然，这世上没有该结婚的年纪，只有该结婚的爱情。如果一个男人不愿意跟你结婚，只能说明他并没有那么爱你！

他不是喜欢低调，只是不想跟你秀恩爱

叔身边有一个姑娘，她男朋友追了她三个月，二人才在一起。在一起之后，她男友就天天在他的朋友圈秀恩爱，一会儿发张她的照片，一会儿发张两人牵手的照片……

姑娘觉得不好意思，男友却满心欢喜地说："我就是要让他们都知道，你是我的人！"

没错，一个人爱你，就是想向全世界宣布"你是我的人"。那些一直强调"爱情不用告诉别人"的男人，他不是喜欢低调，只是不想跟你秀恩爱而已。

不敢秀恩爱的男人，是因为怕秀恩爱死得快，还是说他给自己留了条后路，随时准备换备胎？

他不是没时间，只是没时间给你

在电影《后来的我们》中，小晓曾和一个男公务员谈恋爱。本来恋人应该一起过节，但是过年的时候，男人却说自己"忙"，没时间陪她。

失落的小晓去逛商场，却迎面撞见这个男人正陪着妻儿逛街。小晓这才发现他竟然已经结婚了，自己成了别人家庭的"第三者"……原来男人不是没时间，只是没时间陪她。

爱情中，你永远也唤不醒一个装睡的人。如果一个男人对交往了多年的真爱说不结婚，那么很大概率是他不想和你结婚。还有一种更悲惨的可能性是他已经有妻儿了，无法和你结婚。

叔的一个女同学曾交往过一个男朋友，她男友对她很好，经常会给她送小礼物、和她约会，却也经常"玩消失"。偶尔她给男友打电话，会发现他不接。然后过一阵儿，他才会微信回复她，说他"在忙"。

一开始她还安慰自己，男友工作忙，她得体谅。直到有一天她和闺密去餐厅吃饭，正好撞见自己的男友和另一个女人正亲密地相互喂饭！这时她才恍然大悟，自己被劈腿了……

每个女人在热恋的时候，都会觉得自己和另一半的感情是独一无二的，却容易忽略一些渣男玩的把戏，错以为自己找到了真爱。

他会找各种理由搪塞你，比如："我没给你打电话，是因为我在忙"，"我先不把我朋友介绍给你，因为我需要时间准备"，"我不跟你求婚，是因为还没到时候"，"我会为你离婚的，只要你给我点时间"……

爱你的人，没那么多理由；不爱你的人，才会有诸多借口。

这边，你听了他的甜言蜜语，信以为真；那边，在你看不到的地方，他可能就把同样的浪漫给了另一个女人，而你不知不觉间就"被小三"、被劈腿，被践踏了真心。

不想理你的人总是很忙，在意你的人24小时都愿意为你有空。真正爱你的人，永远不会因为忙而忽略你。忙，只是人们对自己不重要的人找的借口。忙什么呢？他不是没时间，他只是没时间给你！

他不是不想结婚，只是不想跟你结婚

在电视剧《北京女子图鉴》里，陈可和于扬谈恋爱，于扬对陈可说，其实他对婚姻不太向往，因为不适合自己。然而，正是这个对陈可说着"不想结婚"的于扬，和她分手后，立刻就和一个富二代女孩结了婚！

像于扬这样的男人，还有很多。他们常常喜欢用各种理由，为自己的不负责任找借口，甚至会说婚姻是落后的制度，两个人的爱情不需要用结婚证来证明。然而，他们嘴上对你说着自己不向往婚姻，却往往转头就跟另一个女人结婚了。

原来他不是不愿意结婚，只是不愿意跟你结婚。

真爱你的人，不会给你错过他的机会。如果这个男人真的爱你，他恨不得早点儿和你领结婚证，就怕晚一点儿，你会跟其他男人走了。

他不是不解风情，而是不愿费心；他不是低调、恐婚，而是他未来的规划里，从来都没有你！

一双鞋不合脚时，你成天穿都会感到不舒服，那你就会想换一双舒服的鞋。感情的世界也是一样的。

真正属于你的爱情不会让你痛苦，爱你的人也不会让你患得患失。

如果一个男人爱你，他会不顾一切地制造和你在一起的机会。当他想要与你共度一生时，即使眼前有种种困难，他还是会想尽办法去克服，然后娶你。

亦舒说："无论如何，一个男人对女人最大的尊敬还是求婚，不管那是个怎样的男人，也还是真诚的。"

领证结婚，就是一个男人给女人最好的承诺，胜过千言万语。

或许一个男人不想结婚的理由有很多，比如目前经济不允许，工作未稳定，家里不同意之类的，但是结婚的理由只有一个，那就是他足够爱你，想为了你这棵树放弃整片森林，想给你一个幸福的家。

　　所以，女人们看清楚：真正爱你的人，不会跟你谈一段地下情，让你受委屈，而是想让全世界都知道他爱你。他也不会动不动就说自己忙，没时间陪你，而是永远不会因为工作而忽略你。他更不会用诸多借口搪塞，不娶你，而是会为你们的关系负责，给你幸福的婚姻生活。

　　你要记住，没有该结婚的年纪，只有该结婚的爱情。男人不结婚，真相只有一个：他并没有那么爱你。

对待前任最好的方式

有一个网友和叔分享了他与前任的故事：

"以前，每天早上我都会早起，赶那一班快车，只为能提前一个小时见到你。记得最后一次去找你，最后一次陪你吃饭，给你剥完了一锅虾，你却一口没吃。烈日当空，我跑遍了你们学校所有的操场。一直坐到晚上，一个人黯然地回到学校，也未收到你任何挽留的信息。现如今，我已经有了另一个可以给她剥虾的姑娘。希望你也可以幸福。"

对于前任的感觉，就好比走路撞上了一根电线杆，很痛，以后走路都会绕着电线杆走。可能很久以后，我们都不记得撞得有多痛了，但那根电线杆永远都在。

前任虽然带给过我们痛苦的回忆，但不可否认的是，也曾给过我们一段美好的时光，教会我们如何去爱。

就像《前任攻略》里的一句话："不是每个人都能叫前任，而前任并非只是某个人，它是每一个走过的人在你心里留下的痕迹。"

但对于许多女人来说，男人的前任就像卡在现任喉咙里的一根刺，虽然小，却能致命。

你也有过这样的经历吗？前任就像是隐形的小三，你虽然不曾见过，却随时都充满危机。

01

叔的朋友沐沐遇到了一件烦心事，她男朋友的前任结婚了，这对她本该是一件无关痛痒的事。结果那晚，她的男朋友失眠了。

沐沐也失眠了。她的脑海中闪过无数的念头：他还喜欢他前任？他和前任的感情比我还重要？这种男人不分留着过年吗……

第二天，沐沐顶着两只黑眼圈问男朋友："你还喜欢她吗？"

"不喜欢。但是听到她结婚的消息，心里还是会不舒服。"男朋友的回答让沐沐感觉既像失恋，又像是重生了一样。

沐沐问我："大叔，男人真的都忘不了前任吗？"

我反问她："如果某天你的前任通知你他要结婚了呢？"

沐沐愣了一会儿，告诉我："虽然我不喜欢前任了，但一想起他和另一个女生一起过日子，还是会感到不舒服的，毕竟那些山盟海誓他也对我许过。"

你看，其实有的时候，男人对前任的感情并不像女生想的那样。叔更愿意把那种"不舒服"的感觉称之为"占有欲"，这种欲望不论男女都有。

无论当初你们是什么原因分的手，但因为彼此相爱过，时间过得越久，与前任不好的记忆就越模糊，而那些美好的片段就越清晰。

"你都如何回忆我，带着笑或是很沉默。"刘若英的《后来》唱哭过很多人，也许这种念念不忘的感情，只是因为曾经我也幻想过，与你走到最后的人是我。

"你仍是我的软肋，却再也不是我的盔甲。"

感谢前任，但也只能到这里了。

02

得不到的是想象，而得到的是现实。

前任永远只能活在记忆里，而现任却是那个陪在身边的人。所以在感情中，女人不要因为前任的问题而对男人丧失信任感。

很多时候，你希望男人说实话，但他说了实话，你又会多想。长此以往，男人也会选择说"善意的谎言"，但这并不代表他不爱你了。

叔曾经在后台看到过这样一个故事：小美与交往四年的男友订婚了。趁男友喝醉后，小美偷偷翻了她男友的微信。这一翻不要紧，竟然发现男友三年前居然还与他的初恋说过话。男友明明向她保证过，他跟前任们都断得干干净净！

小美气得手发抖，模仿男友的口吻给男友的初恋发了一句："还好吗？"没想到，收到的却是"×××开启了好友验证，你还不是他（她）好友"。

但这个结果并没有让小美开心多少，相反，她一心认定男友骗了她。于是她翻遍了男友的微信联系人，没查到什么以后，又不甘心地去搜他初恋的微博与QQ空间。

直到没在男友初恋的社交网站上发现任何与男友相关的蛛丝马迹，小美才捶醒了男友，问："你为什么要骗我？"

男友一脸蒙，看着哭哭啼啼、不依不饶的小美，男友终于明白了，他和小美用四年时间建立起来的信任，就这样被三年前跟初恋说的几句话瓦解了。

后来，小美天天翻男友的手机，监视他的前任们的微博。终于有一天，她男友爆发了，吵得最凶的时候，男友提出了退婚。

"大叔，我也不想这样，可我怕他骗我。"小美委屈地和我说。

小美对男友的信任危机，一方面是由于男友"善意的谎言"，另一方面是小美对他的不信任。

要知道是爱让我们在一起，但信任和理解的程度决定了我们能在一起多久。

胡杏儿曾说过："我的前前任和前任都很棒，他们一个教我做温柔的女人，一个教我做成熟的大人。但我最喜欢现任，他教我做回小孩儿。"

要知道现在与他在一起的人是你呀。他在你身边爱着你、呵护着你，难道不是对你最美的承诺吗？

你的幸福无须与他人比较，你的感情也无须因为前任而被猜忌，你的恋人更是要与你相伴一生的，而不是用来伤害的。

与其害怕你的恋人还想着前任，你不如学着宽容，给你的恋人温暖，抚平他的前任带给他的伤痛，创造属于你们的共同回忆，才不会让你的恋人回想以前的事情。

同时，叔也认为，对待前任，最好的方式莫过于"我什么也没忘，但有些事只适合收藏"。

03

不知道你们听说过这句话没有？"爱情就像是握在手里的沙子，你握得越紧，失去的就会越多。"

其实不只是爱情像沙，很多东西都是这样的，你越是想要抓住，就越流失得快。不如顺其自然，自己的终归是自己的。

对待前任，我们不妨宽容谅解一点，毕竟曾经相爱过，也都从彼此那里得到了温暖。你也知道分手只是一个结果，感情的事难分谁对谁错。

感激前任让你遇到了现任，但你更应该学会努力提升自己，经营好自己。懂得爱自己的女人，才会让别人离不开你。

不管你男朋友的前任多美、多暖，他们曾经有多恩爱，你的他也再不会与前任出演感情戏。而你就不一样了，你会和现任上演一场又一场浪漫的桥段，做彼此世界里的唯一。

所以姑娘，无须让你男友的前任成为你心中的一根刺，而是化成一颗点缀你与现任的朱砂吧。

我现在有钱了，你能回来吗

"等我以后赚到钱，就给你买大房子、漂亮的车子、大大的钻石，你喜欢什么我都买给你。现在这些我都有了，却忘了爱一个人是什么感觉。只是，我好想你。"

大叔有一段时间一直在单曲循环李荣浩的《年少有为》，那天无意中点开了ＭＶ，全程没有一句对白，却足以让人泪流满面。

一无所有时面对爱情的压抑和自卑，事业有成后错失爱情的自责和懊悔，在这短短的几分钟里展现得淋漓极致。

01

这是一个关于爱和遗憾的故事，故事中的中年男人经常请司机帮忙买附近便利店的便当，然后带着便当去机场，边吃边看着飞机起降。

他闭着眼想象着自己坐在机舱里驾驶着飞机，可因身体缺陷没能实现飞行梦想，那声声飞机的轰鸣是他的遗憾。而百吃不厌的便当，其实是从初恋的店里买的，为的是那份无法弥补的遗憾。

虽然他事业有成，也成了家，但妻子并不懂他。她扔掉了他买回家的便当，撕碎了他最爱的飞行书，留他独自一人在深夜抱头痛哭，那些无处安放的遗憾都融进了眼泪。

后来他什么都有了，却丢掉了爱的滋味。

司机把车停到了便利店门口，他摇下车窗和初恋女友四目相对，早就嫁为人妻的她愣在那里，刹那间满眼是泪，对他深深鞠了一躬。他在车里远远地看着，就心满意足。

只是匆匆一眼就别离，可这一眼跨越了整个青春的想念。

后来她过得很好，可那份好不是你给的；后来你事业有成，可你没能完成她的美梦。

歌里唱着："假如我年少有为不自卑，懂得什么是珍贵。"

后来，我们也终于明白，原来这个世界上根本没有如果。人海茫茫，错过的就永远错过了。

曾经她是你的灯塔，后来你变了航向，往后再也没能遇到如当初那般难忘的景象。

爱情这盘棋没有复盘重来的机会，永远都是当下即贵。

02

有人说这首《年少有为》男生听到的是生活，女生听到的是爱情。

那天深夜，果果在朋友圈里分享了这首歌："我很多年都患得患失，才后知后觉地明白当下最可贵。"

五年前她谈了一场恋爱，因为知道男生毕业后会出国留学，所以在一起的那几年，她总是担心两个人以后过得不快乐。

她其实很喜欢那个男孩，却在诚惶诚恐中变得敏感和暴躁，动不动就发脾气，一言不合就在微信里拉黑他。她明明拼命地想留住他，却一步步把他往外推，两个人最后不欢而散。

终于听懂那句"你待我的好，我却错手毁掉"，却是在无法拥有你的时候。

那时我们年少无知，太过肆意妄为，在爱情里不懂分寸、不知进退，把所有的锋芒刺向了真心待你的人。用蛮横任性、无理取闹和所有的坏脾气，逼走了最爱的那个人，却把从他那里学会的温柔体贴和乖巧懂事，都给了后来遇到的人。

果果后来谈了很多场恋爱，却都是草草结尾，她感慨道："他们都比他好，却无人及他。我已经懂得如何去爱了，他却回不来了。"

大叔觉得，两个人谈恋爱，能拥抱的时候，就别争吵；能珍惜的时候，就别计较。满目山河空念远，不如怜取眼前人。别让不确定的未来，牵绊了可贵的现在。

03

老夏去参加了一场婚礼，他看着新娘，听她说着"我愿意"，闷头喝下一大口酒，眼眶憋得通红。

新娘是老夏刚毕业的时候认识的，那时候他生活得穷困潦倒，过着吃上顿、没下顿的生活。

女孩跟他表白的时候，老夏拒绝了，他说："她不懂事，但我得懂。她可以什么都不要，但我不能什么都不给。"

现在他什么都有了，可那个她已经是别人的新娘了。当初没有勇气牵起她的手，现在，他只能在赤裸裸的现实中扑个空。

永远不要低估一个女孩陪你吃苦的决心，她愿意陪你分喝一碗粥，陪你慢慢奋斗，陪你走过艰苦的岁月，陪你从年少清贫到出人头地……但请你一定要温柔对待她，不要伤害了爱你最深的人。

年少的爱情本就纯粹，女生怕的不是你年少无为，而是你没有想跟她一直走下去的决心。

别用"一无所有"赶她走，有些人现在不爱，以后可能连爱的资格都没有。

其实很多人都是这样，在年少无为的日子里，许诺过对方无数个灿烂的明天，她却没有出现在你的明天。

@想请你吃饭："我会一直记得那时候的爱情是三元钱一杯的柠檬汁，是我陪伴你用二十元钱打一个通宵的游戏，是你快步走，我总紧随，是你……"

@陆倾山："假如我年少有为不自卑，那时看你的眼神就会落落大方，就会勇敢地牵起你的手，跟你一生到老。"

@想你的时候有点难过："我的手机密码还是1109，通讯录还存着你的号码。还有，我今年没有去年那么喜欢你了……"

……

后来我们都有了爱一个人的物质能力，却弄丢了年少时最想爱的人，就像歌里的那样："尝过后悔的滋味，金钱、地位搏到了，却好想退回。"

那些想念和后悔撕心裂肺，你终于明白是自己年少太不懂珍惜，弄丢的才最宝贝。

愿你年少有为，不自卑；如果不能，我仍希望你能懂得什么是珍贵，活在当下好好去爱，别把遗憾推给来日方长。

3

从你的
全世界路过，
依然天真骄傲

我曾陪你看遍春花秋月，也曾天真地以为海枯石烂不是童话。
谢谢你，给了我那么多快乐和美好。
从你的全世界路过，我依然会天真骄傲，
因为往后还会有更好的天气，也会有更好的人。

你终究不能凭借回忆过一生

有一年情人节的晚上，我在路口遇到一对情侣在吵架：

女孩问："你是不是从来没有爱过我？"

男孩："是，我从来没有爱过你。"

于是女孩很冷静地说了"分手"，可她转头离开的瞬间哭成了泪人。

男孩望着那个消失在人海里的背影，沉默得让人恐惧。我好像看到了很多爱情最后的样子：一边撕心裂肺，一边冷酷到底，内心早已溃不成军，嘴上却违心地说着"没有爱过你"。

多少人赌气时说谎，是为了掩盖自己的狼狈和不堪。后来他再也不是你的盔甲，却依旧是你的软肋，当初也是这个人给了你最大的底气。

爱情到底是什么？是乍见时的欢喜，是久处时的不厌，是爱不下去时的放手。

回忆再甜又能如何，你终究没办法凭借回忆过完这一生。

01

在网上看到一段视频，一个人在街头采访一个男生，问他有没有女朋友。他乐呵呵地说"有"，并开心地分享着关于女朋友的小事，说自己胳膊上的文身是她的名字。最后他被问有什么对她说的，他说："那我祝她新婚快乐吧。"说完，他就红着眼离开了。

这让我想到一首叫作《陷阱》的歌，音乐下面一条热门评论："我多希望真的没有爱过你，那样就不会拿着你的婚礼邀请函看了一晚。新郎名字35画，看名字应该是个稳重的人。

"我特地去买了一套西装，虽然没有混得很好，但不想别人说你前男友现在很落魄。看见你走出来，我的眼泪哗地流下来了，强忍着眼泪看着你，可你故意不看我。我知道你不敢看我，那就别看了，今天是你大婚的日子，别花了妆。

"我真的爱过你，我骗不了自己。"

新娘穿着一袭白纱，缓缓地从远处走来，她和你曾经无数次幻想中的一样美丽。那个戴着新郎胸花的人，单膝跪下给她戴上戒指，就此定下彼此的一生。你终于听到她说的那句"我愿意"，却不是对你。

曾经你们连宝宝的名字都想好了，还约定老了搬到一处带院子的房子里，打理花草，在院子里喝茶、赏花，回忆过往。

在你的臆想里，你早就和她过完了此生。可遗憾的是，在现实里，你再也没有资格走到她身旁。

"我爱你这件事，就到这里吧。"恍惚中，你知道再也不能骗自己了。

小时候你知道口香糖不甜了，就要吐掉。等你长大了，却越来越固执，感情都淡到没有任何味道的时候，你还回味着，不肯放手。

《爱情进化论》里有这样一句台词："每个人也都会遇到生命中的绿洲，因为爱，每个人也都有可能，遭遇生命中的沙漠。"

每一片荒漠都曾是绿洲，可荒漠开不出你想要的花，你要找的是不会荒芜的绿洲，是生生不息的爱。

02

当初安安在微博看到彼时的现任男友和他一个学妹的牵手照的时候，她没有去质问任何事，而是平静地说了分手。

看似是她洒脱地离开，如今也相安无事地过着与他全然无关的生活。但是一年过去了，安安从来没有放下过。

"明明是我先提的分手，是我先删了你的，是我假装自己很好，可是我们都很清楚，这段感情是谁先放的手。可笑的就是，我瞒着所有人，还爱了你好久好久。"安安苦笑道。

就像《陷阱》里唱的："明明觉得自己很冷静，却还掉入我自己的陷阱。"

离开的时候，表面有多云淡风轻，内心就有多翻江倒海。你永远不知道先放手的人有多痛。

你已经开始过着完全没有他的生活，而这个人仿佛又无处不在。你偷偷地关注他的微博，知道他什么时候交了新女朋友，知道他哪天喝多了酒，知道他新买的衣服什么样……就算他的一切你都知道，可那又能怎样。

你说你已经放下了，就是想看一看，知道他过得怎么样。你说你不会再想他了，可还是把他的微博都翻烂了。你说已经不在乎他了，可当你看到他和另一个姑娘的合照，你还是心如刀割。

你骗过了别人却骗不过自己，所有突如其来的难过都是因为他。你们都分开那么久了，他把新的生活过得风生水起，而你却陷在回忆里一病不起。

曾经抱得那么紧，后来却再也抱不到了。当初靠得那么近，后来却离得那么远。

时间让曾经相爱的人分道扬镳，不是为了让你继续过自欺欺人的生活，而是为了让你去寻找更好的人。

03

同样是分手，小然和安安的态度却截然不同。

分手后的第一天，小然在房间里不吃不喝，待了一整天，哭累了就睡，睡醒了就忍不住又哭。

第三天，她起床拉开窗帘，外面的阳光明媚到刺眼，她把房间认真地打扫了一遍，收起了关于他的所有东西。

第五天，她独自去了曾经很想和他一起去的地方，了结自己当初的心愿，也用自己的方式认真地和这段感情说了再见。

第七天，她换了新的发型，给自己买了新的衣服和化妆品，她开始发现原来一个人的生活并没想象中差。

一周后，小然踩着高跟鞋，化着精致的妆容，开始了新生活。

她按时上班、看书、练瑜伽、健身、画画、插花……把自己的生活打理得井井有条，没有失恋后的怨气，反而焕发出了她原本应有的光芒。

"爱过，也要学会放下，即便心里再难过。"小然笑着说，"我们终究要找一个和自己灵魂契合的人。如果不是他，那你就要准备好迎接别人。"

委曲求全换不回逝去的爱情，折磨自己也得不到他的回心转意。时间会把最好的人留到最后，但在此之前，你不能先弄丢自己，尤其是为了已经离开的人。

三个月后，小然交了新的男朋友，这一次她更懂得把握分寸，学会爱得恰如其分。

在朋友圈的照片里，小然的新男友望向她的眼神里都是宠溺，这一次，她笑得比之前更甜。

回忆就像沼泽，只会让你越陷越深。就像小时候摔倒了一样，你哭是没有用的，你要做的是爬起来拍拍身上的土，继续往前跑。

往后还会有更好的天气，也会有更好的人。

爱情就像口香糖，不甜了就要吐掉，不要过分留恋。

哪怕回忆是甜的，再回味起来还是充满苦涩。失去是苦的，但熬过去也会酿出新的甜。

愿你三冬暖，愿你春不寒；愿你天黑有灯，下雨有伞，愿你路上有良人相伴。

100 斤以上的女生，不配谈恋爱吗

每个女孩在谈恋爱的时候，都会问男朋友一道送命题："如果我变胖了，你还会喜欢我吗？"

我见过最甜的回答应该是"当然会啊，你胖了也没什么不好，我喜欢的地方又多了一圈。"

我们常常把爱情和体重相提并论，其实二者并没有直接的联系。

我曾经问一个朋友："你觉得胖女孩，真的没有美好的爱情吗？"

我朋友开玩笑道："熊猫那么胖，眼睛又小，黑眼圈又重，还不是有那么多人喜欢。"

爱情与体重无关，只与爱有关。

01

公司的小敏已经连续两周中午都在啃苹果，被问到为什么对自己这么残忍的时候，小敏摇摇头，说道："100

斤以上的女生，不配拥有爱情！"

旁边正在大口吃着比萨的苏苏说："没有配不上爱情的体重，只有配不上你的男人！"

苏苏身高158cm，体重150斤，公司人送外号"胖胖姐"。因为体重的原因，苏苏以前很自卑，她走路几乎都不敢抬头，从来不敢穿短裤，周末都宅在家里，坚决不出门。在任何场合，她都是躲在最不起眼的角落，好像与这个世界格格不入。

看似心宽体胖的女孩子，其实内心都非常敏感，害怕自己被黑而擅长自黑，渴望被爱又害怕去爱。哪怕是内心的一点悸动，她们都只想藏在心里，害怕一张口，自己的喜欢就变成了泡沫。

后来，苏苏在工作中遇到了阿楠，没过多久，阿楠就对苏苏展开猛烈的追求。

"没有想到，有一天我也能收到玫瑰花、巧克力……这真的是以前想都不敢想的事。"苏苏说。

阿楠说苏苏工作非常认真，很善良，也很可爱，外表真的不能代表一个人的全部。

其实胖女孩和其他女孩一样，都应该被尊重、被认可和被平等地对待，无论是在生活中，还是在感情里。

也许每个胖女孩都曾在角落里羡慕过别人的爱情，都曾在心里珍藏过那不敢说出口的喜欢，都害怕因为自己的身材而与喜欢的人无缘。

作家绿妖曾经写过这样一段话："我曾经无数次渴望回到少年时代，拍拍那个女孩的肩膀，分担她的苦恼，让她不要再哭。我想保护她，给她希望，告诉她未来其实没有那么糟糕。"

叔也想跟你说，在爱情里，两个人的身高不是差距，体重也不是负担。

在往后的日子里，总会有一个人出现，他会拍拍肩膀告诉你："不要怕，以后有我。"

02

抖音上有一对非常甜的小情侣火了，他们有点儿特别，这是体重200斤的胖女孩和帅男友的故事。

起初，两个人把日常拍摄的视频发到网上，有很多人在留言，质疑他们是炒作。人家男朋友高调回复："就是我养胖的，怎么样啊？"

后来，女孩又发视频问男友："他们问我这么胖，你还这么爱我，我是不是救过你的命。"

她男朋友给了一个满分的回答："因为你瘦的时候住在了我心里，胖了就卡住了，出不来了……"

其实，他们两个人在一起的时候，女孩才九十几斤，两年的时间，她被男友养到体重翻倍。

很多人都觉得女孩变胖了，男生就不要她了。可是他们又晒出了婚纱照，男孩还更新了抖音说："我的小胖子最好看！"

视频可以演，爱却是真情流露的。

她男朋友给她的称呼是"小可爱"和"小胖子"，每次看向她的眼神里都是爱，平时更是实力宠女友，系鞋带、切水果、按摩……能为女友做的几乎都做了。

他们两个人的感情，并没有因为女友身材走样而变质，反而感情在质疑声中更加牢固。

美的标准从来都不是统一的，你不用一味地去迎合大众的品位，最真实的你，同样值得最好的爱情。

爱是一场义无反顾的旅行，不会因为你变胖、变丑而返程。爱你的人会想牵着你的手，毋庸置疑地走完余生。

03

我从认识小叶的时候，她就是我见过最有魅力的胖女孩，哪怕有着丰腴的身材，她身上依旧有着从容、自信的光芒。

小叶说："衣服端庄、得体就好，身材可以不够完美，但身体健康就好。"

每次面对光彩照人的小叶，我都很难想到她曾经因为感情受挫，一度暴饮暴食、自我放弃了很长一段时间，那段时间她真的每天都试图用食物麻痹自己。

一段时间过后，小叶的体重开始飙升，她看着镜子里大了一圈的自己，开始发慌。

她发现自己曾经的漂亮衣服已经穿不上了，于是开始整夜整夜地失眠、大把地脱发，她害怕自己会变成一个没有人要的胖姑娘。

小叶曾无数次偷偷抹眼泪，逐渐失去了曾经的自信和开朗。

"突然有一天，我拉开窗帘，发现外面的天气和阳光很好。"小叶笑着说，"我发现这个世界没有想象中那么糟糕，于是我开始好好生活。"

自怨自艾并不能改变任何事，真正地接纳自己，是从坦然面对体重秤上的数字，可以和自己的赘肉和平相处，不再疯狂地、不择手段地减肥开始的。

当你开始走进生活，并热爱生活的时候，你会发现生活远比你想象中可爱。其实，这个世界对待胖人并没有那么多恶意。

当你开始用心爱自己的时候，你所散发出来的魅力，也在吸引着另一个人的爱。

胖并不可怕，可怕的是你没有面对的勇气。当你活得漂亮，才是给那些嘲笑你的人最好的反击。

谈到爱情，小叶说："体重从来不是衡量爱的标准，也不是拒绝爱的理由。我相信我可以遇到这样一个人，不愿止于身材，而是走进我的内心。"

也许每个胖女孩都有过小叶这样的苦恼，你要做的是坦然地面对自己，勇敢地面对生活。你要往前看，身后有阴影，是因为眼前有光芒。

每个人都会有一份自己的爱，任何人都抢不走的那种。不会因为你胖而缺失，也不会因为你瘦而额外眷顾。

在爱你的人眼里，不管你重不重，你都重要。

很多女孩都想着"我再好看一点儿，他就会喜欢我吧""我再瘦一点儿，他就能回头了吧""我身材再好一点儿，他就不会喜欢别人了吧"。

傻姑娘，他有一千个、一万个拒绝你的借口，但唯独逃不过不爱你的真相。

你无须为了任何人去委屈和亏待自己，你只需要去做那个最好、最真实的自己，爱情自会光临。

　　瘦人有瘦人的烦恼，胖人也有胖人的快乐，哪怕你体重200斤，也会遇到自己的幸福。只要是你，无论多重，他都要。

　　体重压不垮你的爱情，愿你的余生能够放肆吃，也能勇敢爱。

千万别答应在微信跟你表白的人

后台有个女孩曾问我："叔，我开学的时候认识我们班一个男生，加了微信。到现在也聊了两个礼拜了，本来感觉还不错。可是今天他突然在微信上跟我表白了，我不知道怎么回他。你觉得我要不要答应他啊？"

相信不少姑娘都遇到过这种情况吧，然后一时之间慌了手脚，乱了心神，稀里糊涂地就答应了和对方在一起。

但是叔想说，千万不要答应那个在微信上跟你表白的人。

表白是需要仪式感的

南木以前念大学的时候，室友曾经喜欢过一个女孩。两人加了微信没多久，便在上面聊得火热。后来在一个晚上，室友觉得互相之间都有好感了，就跟女生发了一句："我喜欢你，我们在一起吧。"

那个晚上他都没有再收到女生的回复。直到第二天上午，女生跟他说："我想要一个稍微有点仪式感的表白，希望你能找一个特殊点的日子亲口跟我说。因为如果我答应，我们便从朋友成了恋人。那将是我生命里重要的一刻，我不要这么草率。"当时室友还觉得自己有点委屈，不知道为什么会变成这样。

男女之间对于感情什么时候算开始，好像总是有些误会。男生总是觉得关系差不多了，就算在一起了，至于随手发的一句"我们在一起吧"，不过是走个过场而已。

但其实，女生并不是这样觉得的。不说破的暧昧永远都不算爱情，哪个女生不希望自己感情的起始是有纪念意义的呢？

若是表白都没有仪式感，又怎么谈以后在一起的日子？就像《小王子》里说的："仪式感便是使某一天与其他日子不同，使某一个时刻与其他时刻不同。"

有仪式感的表白，不是让他证明多爱你，而是让他表达多爱你。一个足够爱你的人，一定会好好抓住这次机会，让它点缀你余生的记忆。

因为他明白，他想给你一段完美的感情，那就是从开始到余生，少一分、少一秒，都不叫完美。

表白是需要勇气的

有人说，微信表白是因为害怕，害怕当面表白被拒绝很尴尬。因为害怕尴尬，所以你选择为难她；因为不够勇敢，所以只想给自己留有余地。你连一句"我爱你"都不敢亲口跟她说，又怎么好意思说以后自己敢为她遮风挡雨？

依依曾经遇到两个男生都在追求她，而且两人不约而同地选择了微信跟她表白，但是她一个人都没回。

她只是在朋友圈发了一条动态："现在连表白这种事，都只需要动动手指发条消息了吗？"

第二天，其中一个男生回复了她一句："我已经说了喜欢，只是你没答应。"

而另一个男生已经站在她家门外，手捧一束鲜花，叫她把门打开。后来，他和依依在一起了。

网上有一句话说，"喜欢就得表白，大不了连朋友都没的做。做朋友有什么用？我不缺朋友，我只缺你！"这大抵就是爱一个人的样子吧。哪怕只有一丝希望，也愿意为你破釜沉舟，义无反顾，不留任何退路。

一个真正爱你的人，哪还怕什么难堪，要什么体面，所有的困难都拦不住一颗他想说爱你的心。

表白是需要温度的

微信表白最大的问题其实是，单靠这干巴巴的几句话，你很难感觉到对方的诚意。你永远不知道隔着屏幕的那边，他的表情是喜悦还是冷漠，又或者是等鱼上钩的狡猾……

田田之前在酒吧遇到一个男孩，长得挺帅的，便加了微信。很快两人就聊得火热，男孩也经常对她嘘寒问暖。

一天夜里11点，男孩在微信上跟她表白，她答应了。可是后来她就发现，男朋友好像和很多女孩都联系很频繁。

趁着有一次喝酒，她翻了他的手机。原来那个晚上，他同时和四个人表白，没想到她收到的那条表白消息还是群发的！别人对他都是嬉皮笑脸地应付，只有她傻傻地一头栽了进去。

看清了这些，田田果断和那个男孩断了联系。

有人说："微信微信，不能全信。"

会选择跟你微信表白的人，要么缺勇气，要么缺对你的真心。而这两点，恰恰是恋爱里不可或缺的部分。

微信表白，他说说，你听听，当不得真。

一个真正爱你的人，一定不会只局限在微信上跟你表白，他一定会找机会当面说出他对你的喜欢。

因为他知道，只有两人面对面、眼神交互的时候，他的爱意才能百分百地表达出来。可能没有鲜花和烛光，但也绝对不会是冷冰冰的文字和忽明忽暗的屏幕。

你要相信世界上一定会有一个人，他会穿越茫茫人海，怀着一颗用力跳动的心脏走向你。他会站在你面前，牵着你的手，用最真诚的眼神望着你，告诉你："我喜欢你。"

再好的感情，都会败给这句话

一个姑娘私信问叔："我男朋友总是在忙工作，还一直说他是为了我才那么拼命的。我确实很感动，可他连最基本的陪伴都给不了我。我什么事都要自己做，给他发条微信，都只会得到'宝贝，我很忙'之类的回复，感觉我们越来越陌生。叔，你说他真的爱我吗？"

是了，很多男人觉得赚钱给女朋友花，就是自己表达爱的方式。可叔认为，金钱不是衡量爱的方式，时间才是。因为时间最公平，全世界每个人每一天都是24小时，不多也不少。任何感情都需要花时间去经营，忙不是疏于陪伴的理由。

陪伴才是最长情的告白，尤其是在爱情里。你要证明你爱我，请把你的时间给我。不给我时间，你就不叫爱我，别找那么多冠冕堂皇的理由。

微信上轻飘飘一句"我很忙"，就是爱情里最大的谎言。再好的感情也经不起几次三番的搪塞。因为真正的爱绝不是"我很忙"，而是"无论多忙，我都愿意为你有空"。

01

在这个世界上，最能表达和维系爱的就是时间。一个人愿意给你花多少时间，真的就等同于他爱你的程度。

卡卡的男友工作特别忙，全世界都知道，除了卡卡。因为他永远会秒回卡卡的消息，任何时间，任何愚蠢、无聊的消息都会秒回。导致卡卡一直以为，他每天只是在单位无所事事地混日子而已。

直到有一天，卡卡突发奇想去男友的公司看看，却看到他忙得不可开交的样子：一边夹着手机在通电话，一边左手在敲打电脑键盘，而右手正拿着笔准备签同事刚递给他的文件。明明已经过了两点，午饭却还纹丝未动地放在桌上。

卡卡颇为惊讶，猜测是特殊情况，于是拿起手机给他发了一句"在忙吗"，估计一时半会儿得不到回复。可是她才抬起头，就看到他放下了右手的笔，拿下耳边的手机到眼前，对着屏幕露出了笑容，打了几个字，又回到了通话，笑容却依旧保持在脸上。

手机立刻振动，卡卡拿起来看到他发来的一句："不忙。晚上想吃什么？我回去给你做，想你。"

原来，他从来不是无所事事，只是对她，他永远有空。

若陪伴是最长情的告白，秒回便是最直接的表现。

现在生活节奏这么快，哪个人不忙？每个人的时间都很宝贵，而一个人是否愿意把时间给你，就是对你最直接的爱的证明。

相比在任何情况下都会秒回女友微信，无论多累都回家做饭的男人，那些回复消息如同轮回，听女友说身体不舒服，竟只会说"我在忙，你自己多喝点热水"的男人，凭什么说爱？

很多人会不知道怎么判断一个人是否真心爱你，答案其实无他，唯独"有空陪你"。

如果一个人总是用工作忙做借口，缺席你的生活，其实他不是忙，只是你不是他生命里最重要的部分罢了。

02

如果一个男人的工作和朋友都优先于你，总是要你等，那么他一定不够爱你。

煦儿的男友比她大三岁，她还是住在宿舍的大学生，他已经工作两年了。

周末，煦儿发微信给男友，说想和他一起逛街，男友却回复说："约了朋友一起玩游戏。我平常工作那么忙，难得休息一天，实在不想动了。而且我都已经和哥们儿约好了。以后有的是机会，下次，下次我陪你去。"

她已经数不清这是他第几次承诺她"下次"了。下次复下次，她从没等到过那一天。大概他那些一起打游戏的哥们儿，都比她分到了更多她男友的时间。

煦儿尽力抑制住一肚子委屈和气愤，回复道："下次下次，你每次都说下次，可你不是工作就是打游戏，什么时候才有空陪陪我？"

而他只随意地回了句："别闹了，乖，下次。"之后便不再回复了，大概是玩游戏去了。

再好的感情也经不起一遍又一遍的"我很忙"。大叔记得《隐婚男女》里有这么一句话："他叫我等，我愿意，我也没什么要求。但再忙的人，他心里面也应该留个空位给他的爱人，时间需要分配，爱何尝不是呢？"

相信叔，一个男人如果有时间忙工作，有时间陪兄弟，唯独没时间陪你，那就别再等他了，等不到的。

你总说"咱们俩都住一起了，以后有的是机会在一起"，可在你以此为理由不断搪塞我的过程中，我们已经失去了无数个"以后"。

下次再有人丢下你去玩游戏，说"我很忙"，就让他滚吧，永远别回来了！

03

桃子的男友在异地念研究生，快三年了，无论课业多忙，他都坚持一个月至少去桃子的城市看她两次。

桃子每次看到男友因赶路而疲惫不堪的双眼，都心疼极了，说："你下个月就不要来了，你课表那么满，来回折腾多累啊。"他每次都笑着答应，两三周后却又出现在桃子面前。

看到桃子要发脾气，他便摸摸她的头说："没事，我忙得过来。而且越忙越是要来见你呀。因为我一见到你，就一点儿都不累了。"

记得看过的一部电影里，男主的事业遇到很大的难题，好不容易找到一个可以帮自己化解危机的人，他专程从内地飞去香港找那个人。可他刚下飞机就收到女友生病住院的消息，于是他机场都没出，转头就买了最近一班机票飞回去了。

有人为赴爱人一面之约而辗转千里，有人不惜为爱人放弃挽救事业的重大契机。他们不忙吗？并非如此，只因与爱人相比，再无大事。

爱你的人接送你，多远都顺路；去见你，多忙都有空。

"我很忙"，是对爱情倦怠的借口；"未来很长"，是最拙劣的搪塞。真正爱你的人，不会舍得错过你生命中的每一刻，哪有耐心拖延到未来。

缘起于相遇，情长于陪伴。如果一个人口口声声说爱你，却不愿花时间陪伴你，那么不要相信他，也不要再等他了。

他不愿意花时间陪伴你的现在，就没资格拥有你的未来。

你会遇到这样一个人，他把你看得比什么都重要，他想要见证你每一天细微的改变，他不舍得错过关于你每一件无关紧要的小事，你在他那里永远享有被秒回的特权。

无论稀松平常的日子，还是特殊的日子，他都不想缺席。无论你坚强还是脆弱，他都想要成为你的依靠。

在你面前，他永远有空。纵然途中车马急、风雨阻，他也要跨越山川河流，漂洋过海来看你。

把你的时间交给这个懂得珍惜它的人吧，他才值得拥有你的温柔。

失去最爱的人是什么感觉

网上有人说："'闵静'之后，再无'抖音最难哄女友'。"

或许"闵静"这个名字你没有听说过，但是常刷抖音的人也许会知道"七舅脑爷"，看过他们的视频。

即使他们不是真实的情侣关系，但是每次看到"七舅脑爷"费尽心思把闵静哄笑，观众们吃狗粮也都吃得心甘情愿。

只不过有一段时间开始，"七舅脑爷"就久久未再更新。直到后来，粉丝们终于等到了一条新发布的视频，但里面的女主角换了人。并且视频内容也一改往日"撒狗粮"的甜蜜风格，变成了男女主角和平分手，男人躲在厕所哭得撕心裂肺。

原来，闵静因为工作原因，已经辞职了。在没有她在的这条视频中，那个曾经最爱哄着她的男人哭得过于真实，也太让人难过了。

他还专门在评论区留言："我相信你们都懂我要表达

的意思。"

很多事情真真假假，假假真真，很难说清楚。但是人这一生，真正与某个最爱的人分别的时候，或许都会这样失声痛哭吧。

你这一辈子，有没有因为失去一个人而撕心裂肺过？

和平分手是这世上最让人难过的事情

曾有读者和我说过："真正爱一个人，和平分手才是最难的。"

大叔想这种感觉大概就是，你明明希望对方过得很好，可是又不希望对方过得太好，因为离开了你，对方所有的幸福都是别人给的。

就像"七舅脑爷"视频里的那句话："她离开了我，只是失去了一个照顾她的人；可是我离开了她，好像丢了整个世界。"

失去最爱的人是什么感觉？身处人海里也觉得孤独，看喜剧都会哭。这种感觉就像两个人在一起走一段路，突然有一个人停下了，另一个人明明应该继续往前走，却总是会想：剩下这段路好长，长到总觉得回头更近。

林夕作词的一首歌《无非一声掰拜》，里面有这样一句歌词："无情有爱，成全彼此最刻骨了解，和平散去。和平分手，这种境界多惊险。"

的确，真正爱一个人，和平分手才是最难的。因为你的心在抗议你口中说出的每一个字，明明知道分开是唯一的选择，但还是舍不得。

你不爱我了，我为什么还在爱你

有一句话在叔的朋友圈刷屏了，是节目《奇葩说》中的一位辩手邱晨说的："我因为你爱我而爱你，可是现在你不爱我了。你不爱我了，我为什么还在爱你？"

短短几十个字，其实说透了现实中很多人的感情状态。最先招惹我的人是你，最先离开的也是你，剩下孤独的是我，难过的也是我。

有句话说："我本可以忍受孤独，如果我不曾见过太阳。"可是你已经把我的世界照亮，又怎么能安然抽身离去？

别把真正喜欢的那个人弄丢了

大叔一直很喜欢席慕蓉的那句诗："在年轻的时候，如果你爱上了一个人，请你，请你一定要温柔地对待他。"

在任何时候，爱都是最赤诚可贵的东西。不要把喜欢的人弄丢了，因为在这漫长的一生中，你会发现，再找到一个像当初一样与你真心相待的人，真的太难了。

在电视剧《我的前半生》中，唐晶从来不认为自己真的会失去贺函。她总是忽视他、冷落他，为了自己的事业，拒绝他的求婚和多年的精心呵护。可是到头来，她发现被自己忽视的男友，爱上了她的闺密罗子君。唐晶最终成全了他们，却再也找不到只属于自己的那个人了。

并不是所有故事从一开始就可以走到尽头，你要明白，没有什么是永恒的。

日剧《仁医》中的一段对话，说透了爱情最开始的模样：

"好想变成雪啊，这样就可以落在先生的肩上了……"

"若是先生撑了伞呢？"

"那就落在先生的红伞上，静载一路的月光。"

"若是先生将雪拂去……"

"那就任他拂去，能在他的手掌上停留一刻，便足矣。"

可是时过境迁之后，再被问到这个问题的时候，野风是这样回答的：

"野风，你还想变成雪吗？"

"一点都不想！以后我会用自己的双脚去我想去的地方，在那里我会遇见某人，爱上他，并深深地被他爱，我会过得比谁都幸福。"

不要对爱情太信心满满，也永远都要记得，没有人会站在原地等你。人这一生会与人邂逅，又会与人分别。

所以，千万不要把喜欢的人弄丢了。别和那个最爱你的人走散了，也别因为后悔或舍不得而流泪痛哭。如果不想放手，那就拼尽全力挽留。

人世间的每一次相遇，都是久别重逢；而每一次分开，可能是今生再也不相见。好好珍惜每分每秒，珍惜当下，珍惜身边爱你和你爱着的人！

尽管很多故事的开始不同，但我希望结局都是一样的。希望那个和你白头偕老的人，是那个你最想一起度过余生的人。

最撩人心扉的不是漫语空言的喜欢

你有没有遇到一个每天和你聊天的人？好像只要你找他，他都随时有空。从清晨的"早安"到深夜的"晚安"，从儿时的糗事到未来的规划，从诗词歌赋到娱乐八卦，从一日三餐到气候变幻……你们聊人生、爱好，聊出暧昧，也聊出了你对他的依赖。

他在你的生活里从微不足道变成至关重要，你在习以为常的感动中一点点沦陷，在这片温暖的沼泽里不能自拔。

你们无话不谈、胜似情侣，他却绝口不提喜欢你。你以为他情深至极，却不知道他只是撩撩而已；你把他当作不可多得的灵魂伴侣，他却只把你作为众多暧昧对象之一。

姑娘，别傻了，你们就是有上千页聊天记录，他也未必会喜欢你。

就像《秒速5厘米》里说的那句："也许我们互相发了1000条信息，但是我们的心没有拉近1厘米。"

真正爱你的人怎么可能只活在聊天里？

01

　　小茵大学期间就遇到了这样一个学长，每天对她嘘寒问暖，陪她谈天说地。小茵被他撩得小鹿乱撞，一直满心欢喜地等对方告白，她几次暗示，学长却只字未提。

　　终于有一天小茵忍不住先说了"喜欢你"，学长却说："对不起，我有女朋友了，你把我删了吧。"

　　以前的长篇聊天记录在一瞬间全数作废，原来他从未喜欢过你。

　　学长离开以后，小茵很长时间都走不出来，仿佛灵魂被抽离了一样，那座坚固的精神靠山夷为平地，心里空了一大块儿。

　　其实小茵和很多姑娘一样，对方只是暧昧成瘾，你却动了真心。

　　后来小茵从朋友那儿听说，学长的女朋友去别的大学做了三个月的交换生，而时间刚好和他找小茵聊天的时间吻合。小茵终于明白了，自己只是对方打发时间的零成本工具。

用微信聊天来显示他的关怀，太简单了，甚至不需要付出一点成本，只需要动动手指，发发表情包，他就可以轻松拥有一个随时为他填补寂寞的人。

那个每天找你聊天的人，可能并不喜欢你，只是想撩你而已。

如果他突然不找你，那很正常，说明他找到更好的备胎了。如果他又突然找你了，那也很正常，说明他发现还是你比较好撩罢了。

02

姑娘小卓给叔留言说，她在微信上遇到一个很聊得来的男生。

男生每天事无巨细地向她汇报工作，会跟她分享有趣的事，会用土味情话撩她，会做她的"人工天气预报"。小卓就像温水里的青蛙，毫无戒备地沉溺其中。

聊了几个月之后，小卓就迫不及待地和男生见了面。于是微信上的热火朝天的聊天，变成了床上的翻云覆雨。小卓天真地以为这是爱情的开始，可实际上，这份单方面的心动和喜欢，在下了床的那一刻宣布结束。

回去之后，小卓发现男生变得冷漠了，回消息的速度越来越慢，内容越来越敷衍。隔着屏幕的喜欢太虚幻了，你以为是一场走心的爱恋，殊不知只是一场别有用心的戏剧。

多少感情都是这样，始于聊天，止于上床。那些花言巧语不过是他做的漫长铺垫而已，他从未爱过你，只是想睡你。

女孩儿，别那么容易被感动，否则对方一点儿言语上的关心，就能乘虚而入，填满你生活的全部。

真正值得你爱的人，不是只会陪你彻夜长谈，而是会催你早睡，不让你熬夜；不是变着法儿地想睡你，而是想睡醒之后依然有你。

03

小鹿一直是我微信里最高冷的姑娘，除了工作很少在微信里聊天，对于那些想撩她的男生，也总是拒之千里。

曾经有一个男生持续一个月和小鹿道早安、晚安，小鹿却丝毫不为所动。"其实他没那么喜欢我，他什么都没做，凭什么说喜欢我。"

的确，爱情不是聊聊天就可以的。

隔着手机屏幕，他跟你聊得再开心又如何，现实生活里，他并没有为你做任何事。没有在你最需要他的时候出现在你身边，也没有在每一个浪漫的节日给你惊喜。

这份口头喜欢，未免太没有诚意。

后来，小鹿谈恋爱了，不是那个每天打卡问候、聊天送温暖、满嘴抹蜜的男生，而是一个会每天给她准备早饭、接她下班、给她送伞的男生。这个男生话很少、嘴很笨，但会默默地为小鹿做很多事情。

线上的嘘寒问暖，不及线下的一碗热粥，这个世界还真没有高级到谈一场云恋爱。

其实，我们都过了天真的年纪，你要相信，如果一个人真的喜欢你，他会用实际行动告诉你。

04

电影《疯岳撬佳人》里面有一句让我印象深刻的台词："我以过来人的身份对你们的忠告是：真正爱你的人不是经常说怎么爱你，怎么想你，而是默默地去付出行动，爱不是靠嘴说的，而是靠行动去表达的。"

纸上谈兵的爱情，无异于生活里的画饼充饥。

姑娘，你要知道爱你的人一定会跟你聊天，但是一个只会跟你聊天的人，他多半只想撩你、想睡你，而不是想负责任地去爱你。

在聊天时叫你一万句"宝贝"，不如他带着你跟所有的朋友说"这是我女朋友"；他跟你聊过无数个彻夜不眠的夜晚，不如有一人半夜醒来，为你盖好被子；在手机里跟你把以后描绘得无比精彩，也不及他脚踏实地一步一步带你走向未来。

最撩人心扉的不是漫语空言的喜欢，而是在生活里体贴入微的照顾。

愿往后有人带你去看良辰美景，把对你的所有喜欢都付诸实际行动。愿余生有人给你甜蜜的吻、热烈的拥抱，还有日复一日的感动。愿他对你的喜欢，不只是说说那么简单。

你有没有在手机里爱上过一个人

你微信里有没有这样一个人？

遇到他之后，你习惯了对着手机傻笑，习惯了一遍遍地翻看你们的聊天记录，习惯了对方和你说晚安，甚至习惯了这个人闯入你的生活。可是，你们素不相识。

这便是手机里的爱情。

01

在手机里爱上一个人是什么感觉？

你说的他都懂，你寂寞的时候，他都在。他说了几句话就让你感动，和你聊过几天，你对他就有了感情，隔着屏幕萌生了爱意。仿佛他就是为你量身定制的，感觉相见恨晚。

在现实中遇到爱情太难，但是在手机里太容易和一个人相爱。

日子会过腻，生活会变烦，这时忽然有一个人出现了，他给了你新鲜感和神秘感，你便情不自禁地被他吸引。

你会发现，他仿佛就是全世界最懂你的那个人。

他会每天在微信上对你说尽甜言蜜语，发送各种亲热的表情，以诉说相思之苦。

你发布动态时，他会为你的每一条动态点赞，和你道早安、午安、晚安；你对他讲述自己的故事时，他会是一个合格的倾听者，还会帮你答疑解惑；你伤心难过时，他会来安慰你，一步步让你撤下心防……

这一切看起来是那么甜蜜，但实则如那镜中花、水中月。到头来，你会发现你们之间除了一份几十页的聊天记录，其他的一无所有。很多人却被这份虚无所感动，傻傻地付出了自己的一腔热血和满腹真心。

02

为什么不能在手机里爱上一个人？

很多人以为微信上的卿卿我我就是所谓的恋爱，他们觉得那个每天对自己说情话和晚安的人，就是自己真正爱的人。

可现实和微信就像是左先生和右先生。

左先生怕你加班饿坏了肚子，为你做好了晚餐。右先生却对你说："女孩子一定要保持好身材，晚上就别吃饭了。"

左先生为你买好了感冒药，偷偷递给正被感冒折磨的你。右先生却在微信上说："多喝热水啊，宝贝。感冒一定要早点儿好，不然我会心疼的。"

左先生为你准备了生日礼物，右先生对你承诺："下个生日，我陪你一起过。"

即便说了再多的甜言蜜语，右先生也毫无实际行动。试问，这样的感情如何长久？

点赞有什么用，陪你聊天有什么用？你需要他的时候，他也不会马上出现；你生病的时候，他也不会在身边。

感情不是说说而已，我们早已经过了耳听爱情的年纪。看过一段话：如果一个人说喜欢你，请等到他对你百般照顾时，再去相信；如果他答应带你去某个地方，等他订好机票时，你再开心；如果他说要娶你，等他买好戒指跪在你面前时，你再感动。

03

很多人会把网络上的感情当真，但是网络毕竟是网络，所有你能在社交网站上看到的东西，都是别人想要展示给你看的。那些阴暗的、虚伪的、不合时宜的，都可以被简单地隐藏起来。

你不知道他为你疗伤时说过的话，是不是也对另一个人说过；

你不知道他对你说的晚安，是不是对着一整个通讯录的单身姑娘群发；

你也不知道他前一秒钟还在说甜言蜜语，是不是下一秒就隔着屏幕怪你多事、矫情……

隔着屏幕，你不知道对方撩的到底是不是只有你一个人；隔着屏幕，你无法了解他的真实生活。

微信只能微信，不能全信。

即便微信上的爱情来得再甜蜜，都比不上现实生活中一茶一饭和无微不至的关照。

真正的爱情不是微信上不负责任的甜言蜜语，也不是临睡前的情话和晚安。真正的爱情永远基于生活，是用陪伴和体谅诠释光阴里的那份心动。它需要两个人实实在在相处，需要彼此从对方的行动中感受到关怀，去行动中寻找爱意，而不是隔着冷冰冰的屏幕，傻傻地等待别人批量发送的情话。

真正爱你的人，不会只是躺在你的手机列表里。真正爱你的人，会勇敢地走出虚拟世界，走向你的现实生活。

木心在《从前慢》中写道："从前的日色变得慢，车、马、邮件都慢，一生只够爱一个人。"

一生太长，爱情太美好，别把爱情交给微信，别隔着屏幕爱上一个人。

爱是有温度的，需要你去触碰，去感受。最后你会发现：真正的爱情如清风明月、漫天星辰。其余所有，都不及它冰山一角。

再好的感情，也要懂得分寸

有人问过大叔一个问题：为什么很多原本相爱的人，最后却走散了？

大叔觉得，这其中很大一部分原因，是没有掌握好爱情中的分寸感。

什么是爱情中的分寸感？大概就是，增一分太满，去一厘不足，进一步有些挤，退一步又有些冷，我想要把你搂在怀里，却又怕耽误你自由呼吸。

爱情的分寸感是很敏感，也很难把握的。把握好了，自然是你侬我侬，郎情妾意；把握不好，就会给恋爱的双方带来压力，变成沉重的枷锁。

懂得"进一步"

大叔的朋友小花是毛毛送了一个月的饭追来的，两个人大学四年好得蜜里调油，结果毕业不到一年，两个人就分手了。

小花跟我吐槽说："大学的时候，我们两个人整天在一起，做什么都很开心。现在呢，两个人白天各自工作，晚上回家后，交流越来越少，甚至连每天晚上例行的互道晚安都快成了一种打扰。这样的感情，继续维持还有什么意义？"

最亲近的人，为什么连说句晚安，都会变成一种打扰呢？大叔认为，距离的远近和爱好的差异并不是两个人感情变淡的理由。

如果他爱你，风雨再大，距离再远也会赶来见你。如果他爱你，他会把你的世界细细揉碎了，一点儿一点儿，和他的世界编在一起。

曾有人这样描绘爱情理想的样子："他尽可以坐在桌前玩游戏，我就抱着平板躺在床上看看电视剧，刷刷淘宝。等到该吃晚饭的时候，他停下来，我下了床，我们一起去厨房做饭。吃完之后，我们再一起挤在电脑前看一部电影。这大概就是我能想象到的，爱情最好的状态吧。"

爱情里的分寸感，有时就是要懂得"进一步"。

苦苦追求你的人，不一定真的爱你；爱你的人，却一定会主动让你知道他喜欢你。

懂得"退一步"

恋爱中的情侣不免有着强烈的控制欲，想要把自己变成对方世界的唯一。殊不知爱情就像手中沙，轻轻一捧，幸福满满；攥得越紧，流逝得越多。

朋友小可的男朋友在我们的圈里可是出了名的控制狂。

我们几乎每个人都收到过他的信息，其内容只有一条："小可有男朋友了。"

小可出门要实时汇报行程，通信好友要一一通过他的审查，下班后要准时回家，晚一分钟，男朋友都会打电话质问。

终于，小可忍不了了，选择了分手。

她说："他爱我，并不代表我浑身上下都要刻上他的名字。"

普劳图斯说过这样一句话："适当地用理智控制住爱情，有利无弊；发疯似的滥施爱情，有弊无利。"

男朋友握得太紧，紧得让小可窒息，让她感觉爱情成了生活的一种负担，自然想要逃离。

在大叔看来，爱情里有一些控制是自然的、合乎情理的。这体现出的是一种关心与在乎，是对方在自己心里占有重要位置的体现。这种微控制会让对方感到甜蜜，催化爱情的发展。

强行控制则是给对方套了绳索，使对方的一举一动都在自己的监视之下，是一种很蛮横、粗鲁的行为。

爱一个人，不是将对方变成被拴起来、关在笼子里的宠物，虽然对方需要保护，但也需要在蓝天白云下自由呼吸。

谈恋爱的时候，不要把对方看得太紧，学会退一步，给彼此一些独立的空间。懂得适当留白，凡事留有余地，才能给自己伸展的空间，给感情容纳波浪的空隙，给彼此携手前行的动力。

懂得"分寸自如"

电影《前任3：再见前任》开头的时候，林佳和孟云陷入第N次争吵。他们自己都已经记不清吵架的原因，却又谁都不肯先低头，二人因此冷战，最终不得不分手。

林佳："你不要我了，怎么办？"

孟云："那我就像至尊宝一样，去最繁华的街道喊一万遍'林佳，我爱你'。"

孟云："那你不要我了，怎么办？"

林佳："那我就吃杧果，吃到死为止。"

结尾的时候，孟云扮成至尊宝的模样在街头一遍一遍喊着"林佳，我爱你"。林佳则因吃大量杧果过敏，被送去了医院。

这是爱吗？是爱。

他们爱得深吗？一个变成了痴人，一个变成了病人，还不够深吗？可是，再深的爱也挽回不了这段感情了，因为他们已经失去了分寸感。他们把自己爱的人推得越来越远，却向陌生人靠得越来越近。

故事的结局不在想象之外，在意料之中，自己挖的坑，终归需要自己来填上。

《爱乐之城》里有人说："我以为爱情可以填满人生的遗憾，然而制造更多遗憾的，偏偏是爱情。"

相爱本身其实很简单，就是我很想和你在一起，然后你想的恰好也和我一样。但是爱情也没有那么简单，成熟的爱情是收放自如，是分寸自在，是对自己诚实，是对他人负责。

所以，好的爱情一定要懂分寸感。

有些爱落寞收场，岂能重圆

01

有一段时间，一个叫"孙伟"的人刷爆了朋友圈，那时候全世界都在寻找他。而让他火起来的，是他的前女友在抖音上发的一段视频。

视频中的姑娘在被问到想对前任说什么的时候，她的眼神中满是愤怒和不甘，她说："孙伟，虽然我爱你，但是我忍不住想骂你，像我这么好的女孩，你都能和我分手，你是不是眼瞎了？"

说到最后，本来潇洒转头的姑娘又忍不住抢过话筒，哽咽着说："这段视频你们一定要播出去，让他看见。这样他可能就乖乖回到我身边了吧，就是他把我微信删了，我没有……"

于是一夜之间，"孙伟"这个名字火遍抖音和各大社交平台，大家都想去告诉他："快回头吧，你的前女友还很爱你。"

原来所有爱而不得，都是曾经的不能自拔。可是叔想对这个倔强又脆弱的姑娘说："有时候爱情就像剥洋葱，哭着撕到最后，才发现自己守着的不过是一颗空心。已经放下的爱，或者是一段失败的感情，要及时终结。他只不过是你生命中一个错过的人，没有谁离开了谁不能活。有些人即便是再喜欢，也不要再回头了。"

叔曾在一首歌的评论中看到一句短评："我吃完一个五斤的西瓜，也没等到你回复我的信息，我想这应该不是你不够喜欢我，而是这西瓜不够大吧。"

那种爱得卑微的感觉，真的瞬间让人泪奔。

02

读者小清喜欢一个男孩很久了，她终于鼓起勇气加了他的微信。

当她第一次主动跟他聊天，他隔了半天才回复。姑娘安慰自己说："他在忙，没有看到。"之后她第二次主动给他发消息，他第二天才想起回复。姑娘又安慰自己："没关系，至少他还是在意我的。"当她第三次主动找他的时候，男孩直接当她是可有可无的人，索性不回了。

原来在爱情里，不爱你的人，无论你说什么他都无动于衷。不会管你等他多久，他都不会让你走到他的心里。

《左耳》里有一句话特别能让人感同身受："也许，人生是一场练习，练习着对你的思念，对爱的担当，也练习着失去。"

主动给他发微信却不回你的人，你就不要继续发了；

鞋子虽然好看，但是磨脚，你就不要继续穿了；

那个不爱你的人，即便你再喜欢他，也不要再回头了……

《春娇与志明》中，余春娇说："有的事根本就强求不来，不够重视的爱情，即使得到了，也只会变得更辛苦。"

有些风景虽然喜欢，却不能收藏。有些人只适合遇见，却不适合久伴。

比伯与前女友赛琳娜度过了爱恨纠葛的九年时光，后来却跟海莉·鲍德温订婚了。

他和赛琳娜一见钟情，她爱得太卑微，他活得太坦荡。每当比伯传出绯闻，二人分手，不到一年的时间，赛琳娜就会选择原谅他。

只是如今，他转头娶了别人，还对外高调宣布："你是我的一生挚爱，除了你，我不想和任何人共度这一生。"

九年时光落寞收场，原来，那段碎掉的感情再也重圆不了。

人们常说，关于爱情，但凡辛苦，皆是强求。有些人失去了，我们应该觉得庆幸；有些人失去了，我们更应该学着向前看。

03

叔有一个认识多年的好友，阿靡。刚认识她的时候，她还是那种微胖型的姑娘，性格也很内敛。直到遇到了一个男人，她几乎为了他改头换面。

他不喜欢她微胖的体型，她去减肥；他嫌弃她性格懦弱，她跑去报各种学习班，让自己变得开朗、勇敢；他说她穿衣土，她就买来时尚杂志学习穿搭……

她为了他练就了一手好厨艺，学会了玩他喜欢的游戏，甚至为了他放弃了出国深造的机会……她还暴瘦了40斤，几乎是脱胎换骨，但最后感情还是无疾而终。

当另一个更加年轻漂亮的女孩出现的时候，她马上被抛弃了。那一年，她31岁。

后来很长一段时间，她的身体和心理状态都是时好时坏，反反复复。

上次大家聚会的时候，她状态不错，但是喝到最后还是没有忍住，哭出声来，和我们说："其实感情真的没有对和错，唯一的错就在于他可能真的不爱我。"

有些东西掉了就不要捡了，有些人离开了就不要回头了，即便他留下了，到最后你们也会分开。要来的感情，无论如何你都挡不住；不打算和你有结果的人，你用尽全力也挽留不了。

"你总要习惯一些突如其来的告别，洒了的牛奶、过期的面包、丢失的钱包、走散的爱人……"

就像那个全世界都在寻找的孙伟，总会有人找到他。也许，当好友把那段抖音视频发给他的时候，他的眼神里会闪过一丝不易察觉的难过，然后笑着调侃："都过去了，回不了头了。"

其实人生这条路多的是不圆满，我们要学会放下和释然。

《十五年等待候鸟》里面有这样一句话："人生就像一辆列车，进了站，有人会上车，有人就必须要下车。相伴过一段旅途，该放手就要放手，这才是对彼此最好的结果。"

不是所有一见钟情都要天长地久，也不是一厢情愿就能长相厮守。所有的事情都是水到渠成就好，感情开始了便接受，结束了就挽留，留不住了便放手。

别回头，别痴缠，别念旧。

愿你带着过去走入人群，然后遇见更好的人。

你的饭桌体现着你的婚姻状态

后台有读者问大叔："婚姻中让你觉得最暖心的画面是什么？"

大叔想起一句话："有人陪你立黄昏，有人问你粥可温。"傍晚归家，知道在这茫茫城市中，有一盏灯为你而亮，有一碗粥为你而温，有一个人惦念你，就是无数人心中最温暖的画面吧！

最美好的婚姻，正是两个人在柴米油盐中相互扶持，共度余生。我为你洗手做羹汤，两碟清炒菜，养你脾胃，怡你心情。在烟火里与你慢慢变老，也甘之如饴。而你爱这种味道，胜却珍馐佳宴。这一点一滴，让生活充满烟火气，平平淡淡里藏着真心，怎能不叫人心安。

饭桌上冷冷清清的，日子也冷冷清清的

有一位读者和大叔说，她和老公大吵一架，已经闹到要离婚的地步了。而她的老公只觉得她有病、不可理喻。

吵架的原因是，不管她在吃饭时说什么，她老公都只

用摇头或点头来敷衍她，或者不是沉默，就是玩儿手机。见老公一副爱搭不理的样子，她想说给他听的那些话，一句都说不出口了。

大叔认为，饭桌上最让人难以下咽的，从来不是粗茶淡饭，而是死一般的沉默。

如果那个婚后和你朝夕相处的人，连和你坐在一起吃一顿饭、聊聊天的机会都没有，那往后，你还能指望他对你恩爱有加、百般照顾吗？

大叔认为，想知道一段婚姻好不好，看看你们吃饭时候的表现就知道了。

如果饭桌上的气氛冷冷清清的，那么你们的日子也是冷冷清清的；如果你们饭桌上的气氛是热热闹闹的，那么你们的日子也是热热闹闹的。

饭菜热腾腾地端上来，热气和香气充满了屋子。一家人围坐在餐桌前，聊一聊有趣的事，三餐之后，一天就这样悠闲地结束了。

若是人们能把每顿饭都吃好，把日子过好了，婚姻自然而然也就好了。可饭桌前的欢声笑语，又是多少现实婚姻里的奢侈品？

饭桌上吵吵嚷嚷的，日子也是鸡飞狗跳的

然而，有的伴侣，连让人好好吃顿饭的时间都不肯留。

朋友小朱的老公从来不做饭，却总在饭桌上嫌弃她做的饭，总是说："你故意把饭做这么难吃，是成心来气我的吗？能不能跟饭店学一学？"

一开始小朱也生气，但她以为老公只是吃惯了饭店，嘴巴刁而已，慢慢地就好了。直到后来有一次，小朱在家里下厨招待我们几个朋友。当着我们几个人的面，她老公冷冷地飘来一句："汤这么咸，猪都知道放多少盐！"大家见状，沉默着吃饭、收拾之后，纷纷找理由告辞了。

其实婚姻中，最让女人寒心的不是她们操劳一天的疲惫，而是自己的一腔热情，被老公的三言两语泼了冷水。

电影《夏洛特烦恼》中的夏洛也是天天什么也不干，

躺着等饭做好了，还总是挑老婆毛病。他当着同学的面儿说马冬梅"欠揍"，还喊着要离婚。

当重活一回的夏洛翻身成了大明星，沉醉在奢靡的生活中，却一直觉得少了些什么。直到他重遇马冬梅，才发现马冬梅对他有多好。原来他最怀念的，还是马冬梅亲手做的茴香面。

电影里的夏洛梦醒了，还有后悔的机会，能够从头来过，可是我们呢?

夫妻俩一起好好吃饭，就是一种高质量的陪伴

吃饭是夫妻日常生活中最基本的一件事，也最能体现婚姻状态。夫妻俩如果能够一起好好吃饭，本质上，就是一种高质量的陪伴。

杨绛陪钱锺书到英国读书时，初来乍到很不适应。钱锺书就专门早起，为杨绛做早餐。平日里"拙手笨脚"的钱锺书煮了鸡蛋，烤了面包，热了牛奶，还做了醇香的红茶。他把一张小桌支在床上，把早餐放在小桌上，这样杨绛就可以在床上吃了。

杨绛说："这是我吃过最幸福的早饭。"

吃饭时，我们吃下去的，不光是简单维持我们日常体能的食物，还有做饭人的心意、两个人相伴的美好时刻。

林清玄曾说过："浪漫就是浪费时间慢慢吃饭，浪费时间慢慢喝茶，浪费时间慢慢走，浪费时间慢慢变老。"

记得小时候，我的爷爷下班再晚，奶奶也要等着爷爷回来一起吃饭。

那个年代没有手机，更没有网络，家人们都会耐心等待着晚归的人。推开家门，看到热乎乎的饭菜和饭桌前的家人，就是爷爷一天中最幸福的时刻。

在老一辈眼中，吃饭是很重要的时刻。吃了什么并不重要，重要的是与你一起吃饭的人，还有那种亲密无间的陪伴。

婚姻不就是一蔬一饭，三时三餐吗?

但我们这些凡俗男女，就是在这平淡流年里，靠着一日三餐里的相伴，维系着这份后天造就的亲情。

两个人能够好好吃着每一顿饭，就足以让幸福的婚姻生活长长久久。

好好吃饭，长情到老

在婚姻里，说豪言壮语太假，倒不如一句"努力加餐饭"来得质朴又暖心。

人一生之中大约要吃75555顿饭，其中一大半都是要与伴侣共同进餐的。在婚姻里，我们共同度过的不仅仅是吃一顿饭的时间，更是一生。

一屋，两人，三餐，四季，如此便足够美好。

都说这世间唯有爱与美食不可辜负。那么既然你爱一个人，你们一起步入了婚姻殿堂，你就该用尽余生，陪他好好吃每一顿饭。这幸福的滋味，可别随便弄丢了。

餐桌上的良好互动，对我们来说就是最简单直接的幸福，甚至可以看出一个家庭的幸福指数。

会好好吃饭的人，才会好好相爱。好好吃饭，才能长情到老。

4

总有那么一个人，陪你度过好时光

生命太久，不该独走。
人生路上，总有那么一个人，会对你倾以满腔柔情，
让你笑容依旧，自在坦然，会陪你度过好时光，
与你携手将生活过成诗。

总会有那么一个人，陪你走过漫漫长路

荷西："你想嫁个什么样的人？"

三毛："看得顺眼的，千万富翁也嫁；看不顺眼的，亿万富翁也嫁。"

荷西："说来说去，还是想嫁个有钱的。"

三毛看了荷西一眼："也有例外。"

"那你要是嫁给我呢？"荷西问道。

三毛叹了口气："要是你的话，只要够吃饭的钱就够了。"

荷西问："那你吃得多吗？"

三毛："不多不多，以后还可以少吃点儿。"

关于爱情，我们心里都有千百个条条框框。可是当那个人出现的时候，你才知道他就是答案，哪怕跟你之前的标准相差甚远。就像三毛和荷西，如果是你，能填饱肚子就够了。我不要什么荣华，往后余生，我只要你。

"往后余生，风雪是你，平淡是你，清贫也是你，荣华是你，心底温柔是你，目光所致也是你。"我在一个明媚的午后，不经意听到这首《往后余生》，歌者用清亮低沉的嗓音缓缓地唱，好像时光温柔、岁月慢慢，携一人便可过一生。

歌词简单明了，用平凡的语言刻画出一幅温情的画面。听的时候仿佛看到一对老夫妻，从时光中缓缓走来，带着满满的爱意，从青丝到白发、从清晨到日暮。余光里是你，余生里也是你。

在这纷扰嘈杂的世界里，我们为了金钱、欲望、名利、车子、房子……争得头破血流。其实内心更渴望岁月静好、简单平淡的爱情，这也是这首歌能走进大家心里的原因。

这个时代的节奏太快，我们每天忙忙碌碌，都耐不住性子去好好经营一段感情。有些人来得快，去得也快。我们都渴望往后余生只为一个人的爱情，这需要相伴一生的勇气、相互体谅的耐心和相濡以沫的陪伴。

荣华是你，清贫也是你

我看过一段很甜的话："有人想跟你环游世界，有人想跟你过柴米油盐酱醋茶的生活，可是我就想跟在你的身后。我很好养的，有你在，一日三餐喝小米粥都可以。我想和你坐在一起，放着俗套的音乐，做着俗套的事，只和你眉来眼去一辈子。"

看到这段话的时候，我脑子里第一个想到的就是我妈。记忆中，我们家的厨房总是热气腾腾的。我妈一直都觉得，一家三口的粗茶淡饭，要比外面的山珍海味，吃得更有幸福感。

对于我妈来说，只要身边的人是我爸，吃苦也好，享福也好，都是快乐的。

我妈当初是校花级别的人物，每天到姥姥家提亲看对象的人数不胜数，她拒绝了各种官二代、富二代，一心选择了我爸这个穷小子。哪怕姥姥以断绝母女关系威胁，也没能阻止我妈往后余生认定我爸的决心。

我妈曾经跟着我爸过过三天吃了九顿小咸菜的日子，也经历了一个月只有50元生活费的窘迫。

如今生活都好起来了，我妈每天早上喝着我爸熬的小米红枣粥，依旧感到快乐。他们陪伴彼此经历过创业的失败，也经历过双亲的离去。在漫长时光和相濡以沫中，他们变成彼此最珍贵的人。

幸福不是坐拥荣华富贵，而是平淡的生活里也能开出繁花，是柴米油盐、粗茶淡饭里也能相伴余生。

因为，只要是你就好。

心底温柔是你，目光所致也是你

"我见到她之前，从未想过要结婚。我娶了她几十年，从未后悔娶她，也未想过要娶别的女人。"这是一位英国作家写下的话，这段话曾被杨绛读给了钱锺书听。钱锺书说："我和他一样。"杨绛随即也答："我也一样。"

我总是很羡慕老一辈的爱情，从前车马很慢，一生只够爱一个人。

钱锺书在学术上是满腹才情的大才子，在生活上却是一团糟，属于那种帮倒忙的。

杨绛怀孕时，丈夫钱锺书每次到医院探望她，总像个做错事的孩子，和她说"我把墨水瓶打翻了，把房东家的桌布染了""台灯砸了"……

但杨绛从不埋怨，她会回答："没关系，我会洗"或"没关系，我会修"……

难怪钱锺书评论杨绛是"最贤的妻，最才的女"。

他们完美婚姻的背后，是两个不完美之人的互相包容与体谅。可以相伴余生的爱，是我懂你，也会用你的方式去爱你。

少一些鸡毛蒜皮的争吵，多一些将心比心的体谅。既然想与你携手余生，就可以给你多一分的迁就和宠爱。

风雪是你，平淡也是你

最好的爱情不是朝朝暮暮，而是如果有一天你忘了，我帮你记得。如果你不爱了，我们从头再爱一遍。

Jeff和妻子Angela已结婚17年。妻子在2013年一起车祸中，因创伤性脑损伤失去了至少15年的记忆，有关Jeff的很多她都不记得。

Angela说："我什么都不记得了，所有……我问起我的两个孩子，我以为他们是2岁和8岁，可他们已经17岁和23岁了。"

Jeff在家里挂满照片，希望Angela能想起那些他们在一起时的快乐时光，并决定重新追求Angela。在Jeff形影不离的陪伴下，Angela重新爱上了他。两人后来举办了第二次婚礼，再一次携手走进婚姻的殿堂。

面对妻子的失忆，Jeff不但没有抱怨，反而坚信这一切都是命里自有安排。Jeff对妻子依旧是一脸的宠溺，两个人看起来像初恋般甜蜜。

他说："我们经常会说希望时间可以倒转，有些事情我们可以再做一遍。我有了这个机会，我也这么做了。"

感情里哪有那么多一帆风顺，无非是我选择了你，就会和你一起面对余生的风雨。所有的坎儿我陪你过，不求大富大贵，但求喜乐平安。

即使你忘了，只要我还记得，就一定会让你重新爱上我。

关于"余生"，我们每个人都有着自己的执念，但最长的执念莫过于你。

有人说："喜欢你以后，我感觉整个人都轻松多了。我那么阴郁的一个小孩儿，就好像一盏坏掉了的灰扑扑的灯，突然被拉闸了，整个人都火花带闪电的，温柔地亮了一会儿。"

你要相信，总有那么一个闪闪发亮的人会出现在你的面前，陪你走漫漫余生路。

有些事情，只有你陪我去做，才叫欢喜，换成除你以外的任何人，都是将就。我愿给你最大的体谅、最好的陪伴和最真的回忆。我也希望往后是你，余生也是你。毕竟，我对于未来所有的设想都是关于你的啊。

你素颜一晚，就能见到爱情真实的模样

歌曲《那些年》中这样唱着："又回到最初的起点，呆呆地站在镜子前，笨拙系上红色领带的结，将头发梳成大人模样，穿上一身帅气西装，等会儿见你一定比想象中的美……"

尽管很多故事后来的结局未知，但是最初的起点一定是美好的。

喜欢是青涩懵懂、小鹿乱撞，更是"我想要把自己最好的样子展现在你的面前"。

所以女孩们往往都不愿意将自己素颜的样子，暴露在爱人面前，因为男人是视觉动物，相比较素面朝天，他们更偏爱妆后的精致美好。

可是，真的都是如此吗？

大叔有句话想要告诉姑娘们："其实，你素颜一晚，就知道他有多爱你了。"

01

知乎上有个蛮有趣的话题：说说女朋友卸妆后的感受？

最高赞的评论是这样说的："女友卸妆之后，依然是花容月貌的样子。妆容只是点缀，是锦上添花，是好上加好。相反，我更担心不好的化妆品对女朋友的脸造成伤害，所以我觉得我应该多赚钱，给她买最好的化妆品。"

评论中有人调侃说"感觉到了强烈的求生欲"。确实，对于男人们来说这是一个极其标准的答案。

可是很多男人只是嘴上说说，心里却并非是这样想的。曾有一个男性朋友在酒局上讨论他前女友的容貌，他说素颜的她就像是"一只刚从土里刨出来的土豆"，眉毛浅了、唇色淡了、眼睛小了一半、皮肤暗沉、脸上坑坑洼洼、黑眼圈也很严重、眼袋竟然那么大……

他还说，还好早分手了，要不然以后和她睡在一起都怕做噩梦。饭桌上男人们的笑声只可意会不可言传，我却笑不出来。

姑娘们能早点远离这样的男人，那才是福气。

一个女孩是鼓起了多大的勇气，才愿意把自己不美好的样子，展现在爱人的面前，结果对方却在责怪她的不完美。

美剧《了不起的麦瑟尔夫人》中的女主角在面对丈夫时永远都是妆后的样子，为了维持这点，她每次都等丈夫睡着后卸妆，然后在丈夫起来前化妆。

虽然叔佩服她的毅力，但是如果发生在现实中，只会让人觉得毛骨悚然，因为两个整日生活在一起的人，却从未看清过彼此。

爱人之间最亲密的关系就是，应该要喜欢彼此的各个样子才好，无论是美丽的，还是真实的。

就像三毛的那句话："真正的爱情，就是不紧张，就是可以在他面前无所顾忌地打嗝、放屁、挖耳朵、流鼻涕；真正爱你的人，就是那个你可以不洗脸、不梳头、不化妆见到的那个人。"

02

看过一个姑娘分享了发生在自己和男友之间很甜的一个故事：

"那天男朋友端详了半天我全素颜的脸，叹了口气说：其实我还是喜欢你素颜的样子。"

我问他："为什么？"

男朋友说："因为素颜比较真实，真实的东西是不会变的……"

我说："你文绉绉、拐弯抹角半天，就是想说我妆前妆后差距大呗！"

男朋友说："大不大，你心里没点儿数吗？"

姑娘和我说："从那以后我就多了个昵称：丑丑。但是那个经常喊我丑丑的人，早上醒来和上班前吻我时还会感叹：'我怎么会这么喜欢你啊，丑丑！'"

在爱你的人面前，无论你好看还是不好看，化妆还是素颜，都不会真正影响到他爱你的心意。

只有在他心里不介意的情况下，才会大方提出来与你玩笑。

每个人的身上都有缺陷，或许有的人眼睛不够大，有的人鼻子不够挺，有的人长了很多小雀斑，有的人天生皮肤黑……化妆能够在外在上弥补这些，但是在他爱你的心意面前，这些小缺陷根本就不值一提。

有一对情侣，在爱情渐入佳境之后，女孩躺在男孩腿上，让他帮忙看一下自己额头上的痘痘。

男孩掀开了女孩的刘海，仔仔细细看了一遍也没有发现痘痘。男孩不解，女孩却说："其实我额头上没有痘痘，而是在发际线那里有一道疤……还有你发现了吗？我掀开刘海的样子也并不好看。"

男孩抱住女孩，认真地说："我觉得你可爱，你的伤疤也很可爱，你愿意让我看你的伤疤的样子更可爱，可爱到让我想掐一把你的脸。"

这个世界上没有人是完美的，但凡是人，就必然会有不愿暴露的缺陷和不足；但凡是人，就必然会在心爱的人面前，显露脆弱和无奈。

每一个人，无论美丽还是不美丽的外表下，都有一个渴望被温柔相待的灵魂。

03

看过一位网友曾说："一个男人跟一个女人建立恋爱关系，这个男人的内在和外在，就算得到了女人的承认，女人却还可能需要经受许多的自我怀疑和自我掩饰。"

一如乔·拜伦的那句话："爱情对于男人不过是身外之物，对于女人却是整个生命。"

因为爱情，所以才会有那么多女孩一味地苛求自己。

"他会不会不喜欢我素颜的样子？他能接受我是平胸吗？我的腿那么粗，他一定也不爱看吧……"不自信的姑娘经常会这么问自己。对于这些不自信的姑娘们，大叔想说的是：在爱你的人面前，你一定是美的。

因为男人的心目中，你愿意暴露给他素颜的样子，就是一份愿意与他分享的信任。

在他们的眼里，无论你素颜和化妆都是美好的，两种风格各有千秋。就像优秀的牛排不管几分熟，或者如何料理都是那么美味，道理是一样的。

只要他爱的那个人是你，便无关乎容貌如何。

所以，在往后的生活中，叔愿你化妆之后神采飞扬、光芒四射；亦愿你素颜时笑容依旧，自在坦然。

愿你自信，亦愿你美丽。

余生和什么人在一起，真的很重要

据说人的一生大约会遇到2920万人，但是相知的概率不足0.000049。其中会相互打招呼的大概有39000人，能够熟悉的只有3619人，会亲近的仅有270人，能留在身边的更是少之又少。

在这个世界上，能遇到一个人真的不容易，但是每次遇见皆有因由。有些人会教会你爱与陪伴，有些人会让你懂得成长与珍惜。

无论你从每段关系中学到了什么，都不负相遇一场。这些人会潜移默化地影响着你的生活，使你成为不一样的自己。

余生很长，和什么样的人在一起，真的很重要。

与懂你的人在一起

有这样一句话："走得累不累，你的脚知道；撑得难不难，你的肩知道；过得好不好，你的心知道。"

每个人的背后，都有别人看不到的苦楚；每个人的心里，都有别人体会不到的心酸。

我们的生活里一直不缺观众，唯一缺的是懂自己的人。

叔曾经看到过漫画家丁聪的故事，已经90岁高龄的丁聪老先生与80岁的太太和睦相处，共同度过了60年的人生。

说到他们婚姻美满的秘诀，丁老用几句诙谐的话做出了总结："太太没有错，都是我的错。太太从来没有错。如果太太真的有错，那也是我的错，是我没有发现太太的错。如果没有我的错，也就没有太太的错，所以太太永远没有错。"

虽然这样的语言十分幽默，但是也告诉了我们一个很深刻的道理：夫妻之间的相互懂得和宽容，才是爱情和婚姻超越岁月存在的真理。

这世界上最稀罕的事，不是遇到爱，也不是遇到性，而是遇到理解。

很多人在谈恋爱的时候，觉得只要两个人相爱就够了，直到两个人价值观产生差异，不得不分手的时候，才知道当时的天真。

人生最可贵的，莫过于有一人能懂你。懂你的好，懂你的委屈和酸楚。

简单的喜欢，最长远；平凡中的陪伴，最心安；懂你的人，最温暖。

与长情的人在一起

网上有条评论说："我再也做不到那么用力地爱一个人了，爱得太满会溢，爱得太猛会失去力气。"

我们总是在很爱一个人的时候，就想一下子把能给的都给她，但是相爱容易，相守难。不是所有的爱情都能历经磨难，二人白头到老，所以相濡以沫长情的爱就显得弥足珍贵。

无论你遭受何种困难，面对多么残酷的结局，总有一个人守着你，不离不弃。

那一年，推着空轮椅的成都91岁老大爷陈光国，感动了无数网友。他老伴儿因病去世，从此以后，陈光国不管到了哪里都会推着轮椅，但是上面再也看不到老伴儿的影子。空空的轮椅，寄托着他对老伴儿的无尽思念。

大爷说："推了几年的轮椅，她一下子走了，太不习惯了。"

一个轮椅承载了两个老人的风雨同舟，半个多世纪相濡以沫的生活。

冰心曾说："有了爱，就有了一切。"就像她和丈夫吴文藻风雨同舟、患难与共56年。因为有了爱的支撑，他们始终相互扶持，不离不弃，直至生命的尽头。

叔从不羡慕街头拥吻的情侣，只羡慕深巷里互相搀扶的老人。

爱得少一点儿无妨，但一定爱得久一点儿，这样自己的心也会变得柔软。

与靠谱的人在一起

这个年代，一份好的爱情通常要具备三个因素：心灵要相通，肉体要相合，经济实力要对等。但一份好的婚姻，叔认为只需要一个要素就足够，那就是男人要靠谱。

叔曾经看到过这样一个故事：一个姑娘和她男朋友出去旅行，在旅行途中他们发生了争吵，原因是她男朋友无论大事、小事都不管，全依赖她一个姑娘。在网上预约订票、订宾馆，在拥挤的景点排队买票，都是姑娘自己做。而她男朋友呢，一直在玩手机、睡懒觉。女生说自己全程都像妈妈领着儿子，在操心着一切，并没有心情玩儿。

如果一段爱情里，女人总是感觉自己像在当妈一样，身心疲惫，那眼前这个男人多半不靠谱。

有人说过："不靠谱的男人拿你当妈用，靠谱的男人把你当女儿宠。"

因为爱他，所以你愿意为他洗手做羹汤。

真正宠你的男人，在他的心里，你就是个还没长大的孩子。

也许你之前受过很多伤，但遇到他以后，他会把你宠上天，让你重新相信爱情。也许你在外面是女强人，但回到家里，又会变成那个连瓶盖都拧不开的小女生。

余生很短，你要把心留给靠谱的人，不是每个人都有福气当你的知音。

和谁在一起，真的很重要

有句话说得好："你是谁并不重要，重要的是和谁在一起。"

总有一些人，是我们该遇见的，却又让我们感到无奈的。他们来到你的生命中，就是为了让你看清现实。而有些人来到你身边，会让你成长。

和负能量的人在一起，你的生活就会充满戾气。和正能量的人在一起，你才会感到温暖。

叔始终相信，生命太漫长，不该独走。人生路上，总会有一个人陪伴你走过世间艰难之路，对你倾以满腔柔情。

希望爱逞强的你能遇到一个对的人，懂你脸上的笑，更懂你背后的苦，同你携手将余生过成诗。

女人婚后不幸福，都是因为穷

亦舒的小说《我的前半生》里，婚后的唐晶有感而发，写了一封信给罗子君："子君吾友如见：婚后生活不堪一提，没有加入的人总不知其可怕，一旦加入又不敢道出它的可怕之处，故此内幕永不为外人所知……"

我给朋友小沈看了，她高呼："说得好！婚姻犹如黑社会，我入行以来不敢穷。"

物质上不敢穷

一个姑娘刚满20岁就结婚了，生下大女儿后，一心在家带孩子，没有去工作。看似她过的是相夫教子的幸福生活，可事实上呢？没收入的她，每次找老公要钱的时候，她老公都骂骂咧咧，两人经常吵架，闹得生活一团糟。

家人劝她再生一个，想借孩子让两人感情变好。结果姑娘生下老二后，家里负担更重了，男人骂得也更凶了，骂她是个赔钱货，还不停地造赔钱货。

没有钱打底的婚姻，总能被生活从方方面面提醒着它的不堪一击。金钱正是当下婚姻最好的一面照妖镜。

或许爱情可以"有情饮水饱",但婚姻不是,婚姻就是要过金钱这一关。

之前我提过的小沈,正是因为看了身边太多"贫贱夫妻百事哀"血淋淋的例子,所以她下定决心:等自己买了房再结婚。

当初,她拿出自己拼命挣的所有钱,全款买下了一套三室一厅的房子。

后来她结婚了,她说自己婚后很是幸福,婆婆从不挑她毛病,老公也爱她、敬她。她也不知道是不是那套房子起了作用,但她在婚姻中和丈夫平起平坐,有尊严、有底气。

世上任何一种尊严,都是靠自己挣回来的。婚姻亦如是。想要拥有幸福的婚姻,首先你要有养活自己的能力,让自己有尊严地生活。

心灵上不敢穷

结婚后,小孙从朋友圈里消失了。我们再见到她的时候，她已经离婚了。短短两年，她变得面容苍老，神态凶悍。

她说自己害怕老公不要她，所以偷偷监听老公手机。在他应酬谈生意时，也狂给他打电话，随时随地都要了解他的一举一动。而她的老公因为她的疑神疑鬼、不独立、病态地依赖他，最后选择了离婚。

当你心穷的时候，会把自己完全寄托在别人身上，一旦被抛弃，你不仅会痛不欲生，也会失去努力生活的勇气。

所以啊，女人怎么穷，心都不能穷。

每段婚姻里过得好的女人，都有一个共同的特点：和自己的爱人亲密有间，保持自我。

奶茶刘若英说过："越是亲密的关系，越需要生活中留有缓冲空间，没有谈不完的恩爱、腻不完的甜蜜。虽然你们身体上有距离，但是心挨得很近就够了。"

在《我敢在你怀里孤独》一书中，奶茶描绘了自己和钟先生的七年婚后生活：夫妻俩一起出门，去不同的电影院看不同的电影。然后两人一起回家，进家门后，一个往左，一个往右。两个人有各自独立的卧室和书房，共用厨房和餐厅。

"我敢在你怀里孤独"，保持了夫妻两人的独立和自由，反而让婚姻生活更加和谐、幸福。

"只有内心丰盈、富饶，只有真正爱自己，才会有高贵的灵魂，才能抵达想去的远方。"女人必须懂得守住自己的小骄傲，心气满满地经营生活，而不是一味地围着男人转。

婚姻中幸福的女人，内心世界永远都是充盈的。

时间上不敢穷

刘嘉玲曾说："学会给自己时间很重要，一个真正懂得爱的人，其实要做的第一件事应该是爱自己。只有你彻底了解自己后，你的爱才是比较健全的。当你跟另外一个人相处的时候，你不会依赖他，也不会霸占他，而是会做自己。"

她也是这么做的。结婚之后，她没有像其他女明星一样，结了婚就迅速把自己扔进家庭中，让时间都被老公和孩子占满。她反而开始参加综艺，当导演拍电影，尝试各种不同的角色，去爬山，去健身……

在综艺节目《我们来了》中，谢娜问刘嘉玲："你最想回到什么时候？"

她说："我非常喜欢我现在这个年龄，我不喜欢我以前那个时候，因为很彷徨，很不确定，很不自信。我现在这个状态，是我最饱满、最自信的时候。"

也许大多数50岁的女人，都会觉得自己老了，年过半百，什么都做不了了，只能在家带带孙子，打打牌。

刘嘉玲却不同，她用心地经营事业，不仅兢兢业业地拍戏，还投资红酒、美容、酒吧、地产、餐厅等副业，如今已经成为身家31亿的女富豪。

她完美地利用了那段只属于自己的时间，不断增加自己的魅力，让自己变得比从前更好。

试问懂得利用时间充实自己的女人，怎能不在婚姻中幸福？

女人千万别穷养自己

结婚从来不是童话的结局，而是一段崭新生活的开始。

很多女人以为结婚就是人生马拉松的终点，于是在结婚之后，她们放弃了自己的事业，放弃了自我，放弃了理想，也丧失了创造幸福的能力……

要我说，婚姻或许真有亦舒小说中不好的一面，但也不那么绝对。

究其根本，很多把婚姻当成噩梦的女人，不过是因为她们自己是物质穷、精神穷、时间穷的"三穷女人"。

女人要想在婚姻中长久地幸福着，就千万别让自己穷了，做到以下三点很重要。

第一，女人要做到经济独立。

现在的婚姻大都建立在物质基础上，没有物质的婚姻，一推就倒。

嫁个有钱人不如自己成为有钱人，女人只有在人格和经济都独立的情况下，才能获得真正的安全感。

第二，女人要做到人格独立。

缪塞曾说："除了爱情外，我认为最宝贵的就是精神独立。"

你一定要做到，两个人时，可以谈笑风生；一个人时，亦能歌舞人生。

只有内心丰盈的女人，才不惧前路漫漫，敢于追求自己真正想要的一切。有野心、有欲望的女人，真的美得令人不敢直视。

第三，要留时间给自己。

女人如画，宜留白处且留白。

无论工作再忙、再累，时间再紧、再赶，都要留时间给自己，去做一些自己喜欢的事、让你自己内心丰盈的事。

希望你在往后的时光中，做个幸福女人，自爱、沉稳，而后爱人。

检验感情的最好标准

有句话说"谈钱伤感情",但事实上很多时候,不谈钱更伤感情。

钱最容易稳固一段关系,也最容易毁掉一段关系。

你看天上那朵云,像不像我之前借你的 200 块钱?

很多人愿意借钱给别人,不是因为自己的钱多,而是因为他们认为友情比金钱重要。

可是也有很多人借钱给别人,从自己的兜里掏出钱,却养了个仇人。

网友陈苏苏和我分享了她的经历:她和朋友一起网购零食,每个人花了30元左右,付款的时候她的朋友跟她说让她先帮忙把钱付上,回头给她钱。后来直到零食来了,她的朋友都没有给她钱。她问她朋友要,她的朋友竟然嘻嘻哈哈地和她说:"这点儿小钱你都要,就算请我了!"后来,她的朋友就直接对外传她很小气,这点儿钱都不放过。

这种人以朋友的名义，在向我们借钱的时候理直气壮，该还钱的时候无理搅三分。借钱时他说："你最近赚大钱啦，借我点儿钱你不会不答应吧？"该还钱的时候他又说："最近手头有点紧，等我有钱了再还你。"你催他时他会说："天天催催催，咱们俩不是朋友吗？你有那个必要吗？掉钱眼里了吧！"

钱最容易让人看清身边的朋友，哪个是真心，哪个是假意。

年少时以为好朋友是一辈子的，长大后才发现有些友情真的无法陪你走到终点。所以珍惜那些愿意借钱给你的朋友，感恩那些在你困难时帮助过你的朋友，因为他们无条件地信任你。

在你没钱时没有离开，并且还愿意借钱给你的人，都是靠得住的人，为了钱丢了这样的朋友真的不值得。

别让虚荣透支了父母对你的爱

你跟朋友借钱，朋友会要求你还，但是这世上也有人愿意给你钱，而且从来不要求你还上，那就是父母。

小时候，你去上学，临出门的时候，爸妈会问你："要不要钱？给你点儿零花钱？"

上大学了，你也常常听到这样的话："这个月钱花光了吗？要不要给你寄生活费？"

后来你出去工作了，他们仍然会问你："钱还够不够用？不够记得跟家里人说啊。"

这些话里说的不仅仅是钱，更多的是包含了父母的爱。

很多人不懂，他们把花父母的钱当成是理所应当的事，甚至不考虑自己的家庭情况，大肆挥霍。

有一个记者朋友说，曾经有一位农民大哥去报社找他们帮忙，原因是他正在上高中的儿子离家出走了。

原来是17岁的男孩看到同学都在用苹果手机，于是回家让父母也给他买当时新出的苹果6。这一部手机顶得上他的父亲两个月辛勤劳动的薪水，于是父亲不同意，男孩一气之下便离家出走了。

在记者面前，这个40岁的男人哽咽着说："只要儿子肯回来，我一定给他买手机。"

这个17岁的男孩或许会因为得到一部崭新的苹果手机，而满足了虚荣心。他却不知道，他的父亲始终在37摄氏度的高温下，穿着破旧的汗衫，面朝黄土，背朝天。

当你惬意地追逐着诗和远方的时候，你的父母却在替你负重前行！

俞敏洪曾说："你大把花着父母的血汗钱，只懂自己快乐，不懂父母的辛酸，不舍得为亲情付出一分一秒……终有一天，幸福会像肥皂泡般消失，那时的你已全无了良知。"

当我们一遍遍向父母索要的时候，父母不会嫌弃你要的东西太多，他们只怕给予你的还不够。在这世上，没有任何人能像父母一样，心甘情愿地为你付出，又不求回报。

作为子女，不是不要你们跟父母要钱，而是要懂得珍惜钱之不易。更要懂得：心怀感恩地接受父母的好意，等自立之后，再以巧妙的方式反哺，才是孝顺的正确方式。

爱他才可以狠狠花他的钱

有个姑娘叫微微，曾在叔的后台留言，说她的丈夫出轨了，而她发现的契机竟是因为看到了丈夫口袋里一款名牌女士包包的小票。

姑娘本以为这是送给她的，还责怪丈夫花钱大手大脚。但是，她等了一个星期依旧没有收到这个包包，才知道他外边有人了。

曾经她的丈夫想过送她很多东西，但都被她否决了。

她说，包包不用太贵，能背就好；香水不用太贵，好闻就好；餐厅不用太高档，好吃就好……

男人很浪漫，女人很务实。这样的女人提着灯笼都找不到，但是男人还是出轨了。

为什么呢？她一直把自己活得太便宜了，男人才会用更便宜的方式对待她。

张爱玲："男女之间在爱情中，花着他的钱，心里是欢喜的。"

一个女人花他的钱，不是因为女人贪婪。而是那个她愿意花他钱的男人，就是她慎重选择并且想要共度一生的人。

成年人的感情没有"有情饮水饱"，生活永远是和钱挂钩的，要想拥有好的感情，一定要去谈钱。

说"谈钱伤感情"，不是因为钱太俗，而是因为感情太脆弱。你和恋人的金钱观是否一致，决定了你们的爱情能走多远。

钱确实是一种神奇的东西，亲情、友情、爱情，各种你以为牢不可破、海枯石烂的感情，有很多都会被它腐蚀。

但是同样，钱又让一段感情更加牢固。好的感情离不开钱。和亲人、朋友、爱人之间谈钱，也并不是一件羞耻的事情。

对父母可以谈钱，但要多给他们一些陪伴；对朋友大方谈钱，一定要有借有还；对爱人，就把谈钱当成谈情一样自然……

真正爱你的人，用多少钱都赶不走；真正爱你的人，用多少钱都换不来。

最后，大叔愿你有钱花，愿你遇到长情人。

不爱我就拉倒，我会过得更好

不爱我就拉倒，真情实感才重要，我不想要空洞的爱情

青春年少的时候，我们总会轻易地交付真心，从不计较回报。可是再深刻的爱恋，如果得不到回应，终究会随着时间消失。

小艾喜欢一个人喜欢了十年，从初中到大学，她所有的青春故事都和他有关。从暗恋到向他表白，再到他们在一起，她在最美的年纪，只喜欢过他一人。可他对她永远是若即若离，就像是投入深渊的石子，连丁点儿水花都没有。

小艾红着眼睛问我："你有没有这样等过一个人？从太阳初升等到夜宵，等他找你等到妆都花了，等他对你说过的承诺你都不信了，你为他哭湿的枕巾都干了……"

海中月是天上月，眼前的你却永远不是他的心上人。

爱一个人得不到回应，就像喜欢上一座城。最初只是贪恋那城中的繁华灯火，你甚至甘愿做那城中的乞食夜

猫，只要待在那里，你也在所不惜。

然而长夜漫漫，你渐渐发现所有的欢呼雀跃都只是你一个人的，那座城始终无动于衷，不悲不喜。而终有一天你会明白，那座城再好，也只是一座空城。而你只是途径它的一道风景。

有人说："喜欢一个男生几个月，每天都能找到各种借口和他说话。突然有一天，找不到借口了。"

那时候，才知道原来放弃一个人，就好比放弃一座城，不是你走投无路，而是你弹尽粮绝。

当我用尽了全力也换不来你的一点点喜欢的时候，那么你不爱我就不爱吧。

不爱我就拉倒，真心相爱才幸福，我不要强求的爱情

咖啡馆里放着林忆莲的歌："爱上一个不回家的人，就像等待一扇不开启的门。善变的眼神，紧闭的双唇，何必再去苦苦强求，苦苦追问。"

阿暖说："我早就该料到的，他回家的时间越来越

晚，我们说话的时间越来越短，他看我的眼神也越来越遥远。可是我们结婚七年了，就算没有了爱情，难道连夫妻情分也没有了吗？结婚的时候，他承诺过会爱我一辈子。为什么他的初恋情人一回来，我就要把妻子的位置让出来？"

当年这个男人被出国追求事业的初恋女友抛弃，颓废得犹如丧家之犬。是阿暖固执地留在他身边不离不弃，靠近他、温暖他、嫁给他，给他信心，陪他熬过那段最艰难的日子。

过了一段时间，男人的事业开始有了起色，升职加薪，两人还商量着要一个孩子。可是后来，男人依旧单身的初恋女友回国了，一切全变了。

办完离婚手续的那一天，男人客气疏离地请阿暖吃了顿晚饭，吃完后看看手表，见时间不早了，说了一句"女人开车来接我了"，然后头也不回地走了。

有首歌是这么唱的："我对你付出的青春这么多年，只换来一句谢谢你的成全。"

原来这些年来，你是我患得患失的梦，我只是你生命中可有可无的人。你给她的爱有多深情，给我的爱就有多伤人。

亦舒说："我大好的一个人，凭什么跑到别人的生命里去当插曲？"

是啊，在爱情的世界里，为什么我们要心甘情愿地给别人当替身？

爱意既消，无论往日多么魂牵梦绕，不爱了就不爱了。强求的爱情，给我也不再要。

不爱我就拉倒，离开你，我会过得更好

一句"不爱我就拉到"，说得轻巧，其实藏着太多太多失望。就像陈奕迅在歌里唱的："我已经相信，有些人我永远不必等，所以我明白在灯火阑珊处，为什么会哭。"

是的，我有多爱你，我知道；你有多不爱我，我也同样知道。爱情这东西，实在经不起琢磨。

叔有一个朋友美若惊鸿，可是她婚后和自己的男人过

得并不幸福。是她不够娇柔，还是不够性感？都不是，只是因为他不再爱她。

叔的朋友知道这一点之后，果断选择了离婚，她有容貌，有钱，有自己的精神追求，怎么可能被一个不爱自己的人耽误人生呢？

后来，她遇见了自己的王子，结婚后还生了一对龙凤胎，不仅事业成功、家庭圆满，还美貌依旧，日子不要太幸福。

你看，我的余生真的不需要你指教，我也不是没人要，离开你，我还过得更好！

我可以爱你，但你不爱我的话，那就拉倒。我的余生那么贵，为什么非要爱一个不爱我的人？

对于所有爱而不得的人，叔希望终有一天，你可以理直气壮地对他说："不爱我就拉倒！"还要骄傲地加一句，"没有你，我会过得更好！"

千万别"撩"喜欢撤回微信的女生

大家肯定跟叔一样，听到过无数次新消息的提示音，打开微信却只看到系统提示的一句"对方撤回了一条消息"的经历。

有人说："既明目张胆又小心翼翼地喜欢一个人，就是在对方去睡觉之后，默默发一句'我喜欢你'，再撤回。"

撤回消息的功能，可以撤回说错的话，却也令很多炙热的真心话，因为几秒钟突如其来的怯懦，就再也没能被听到。

也许那些被撤回的消息中，藏着他们最真实的心意。

01

阿悦是个近乎强迫症的完美主义者。微信能撤回消息之前，她最纠结的事之一，就是在聊天记录中看到错别字跟病句。

　　如果是不重要的人，聊完就罢。重要的人，她会反复看聊天记录，打了一个错别字，就要跟好几条解释，在字斟句酌的聊天中，显得格外扎眼。

　　阿悦希望她的每一句话，都能以完美的形式留在聊天记录中。同她的感情观一样，无论是否能一起走到最后，她都想自己以完美的印象留在对方的记忆中。

　　后来，微信有了撤回的功能。在一次的争吵之中，男朋友山洪暴发般抱怨了她的完美主义，说她对每一件事都过于认真，令他无法喘息。

　　他说："我是个人，不是机器，做不到你想要的完美！"然后摔门而去。

　　她想了很久，给他发了条微信："正因为我们彼此都不完美，才能成为彼此的完美伴侣。"

　　可大概是天意弄人，偏偏发出后她发现打错了一个字，于是撤回了消息，正在重新编辑时，却收到对方发来的一条："我们分手吧。"于是那句"对方撤回了一条消息"，成了她留给他的最后一句话。

其实她想要的从来都不是一个完美的人，而是一个愿意与她携手面对所有不完美的人。

像阿悦这样的女生，如果总是在跟你聊天时撤回消息，那一定是因为在乎对方。而这样认真的她，轻易不会喜欢一个人。

完美主义的外壳下，其实有一颗小女孩的心，需要别人好好保护。这种姑娘，遇到了就好好爱她吧。

02

小鱼是大家公认的戏精，双鱼座本鱼。她脑补画面的速度连光都追不上，分分钟脑补八集肥皂剧。你问她一个问题，她有时回答得驴唇不对马嘴，因为她琢磨的工夫，已经想到别的事上去了。

朋友用微信和小鱼吐槽自己的感情问题，正在问她自己该不该分手。小鱼从脱口而出的"别分啊"，转而担心朋友重蹈覆辙，撤回后改成"还是分了吧"。之后她又觉得两个人在一起那么久不容易，转念又想到自己已经单身很久了，于是又撤回了，发了条"你说我什么时候才能找到男朋友"。然后她又想起了自己和前任分手的画面，突然悲从中来，再次撤回消息，最后发了一条，"对，我肯定要孤独终老了"。

整个过程不到一分钟，小鱼已经从为别人做情感咨询，转而展望完了自己的整个人生。

这样的一个女孩，可想而知，跟她在一起的每一天，会是多么跌宕起伏、精彩纷呈。你明明没做什么，就成了她心中浪漫电影的男主角。

她也许会送给你不那么昂贵的礼物，编一个华丽的由来，然后开心得不行；也会因为你态度冷淡了一点，就躲在你怀里嘤嘤地哭起来。

生活是低处仰望，爱是尘世幻想。而她将生活变成幻想，又将幻想化为现实，穿梭于两者之间，无论身处何处，都愿有你牵着她的手。

这样的女生你不要轻易撩，若撩了就要好好爱。未来的每一天，请你成为她的英雄，为她披荆斩棘，带她踏遍万水千山，再为她披上婚纱。

03

舟舟是个特别细致的姑娘，擅长察言观色。别人一个细微的表情，她就能洞察其心情。KTV里，大家黑着灯群魔乱舞，只有她会注意到角落里不说话的人，然后过去小心翼翼地询问。

她没有特意去关心，只是一旦看到了，就会发觉；发觉了，就没法不管。这样的天赋，使得她总是在关注别人、照顾别人，这令她疲惫不堪。

时间久了，她会惯性地在意别人的心情，生怕自己说错什么让别人不高兴。所以她常常一条消息很久才发出，发出后又觉得不满意，就撤回。

她总是隐藏自己的情绪，去照顾别人的情绪。其实她也有不想主动说出口的难过，希望别人发现，然后拥抱她。

这样的女生需要的不是一时兴起、三言两语的喜欢，而是能有一个人愿意对她说："别总是照顾别人委屈自己了，你不必那么懂事，让我来照顾你吧。"然后带着她远离拥挤的人潮与世俗的纷扰，陪她看日升日落，细水长流。

04

小白从小到大在任何圈子里都是搞笑担当，她神经大条，嘴比脑子快，手也比脑子快。

打错字、说错话对她来说都是小事儿了，发错人才是最惨的。和同学吐槽老师的话，错发给老师本人。跟闺密八卦某男生，错发给男生本人。最恐怖的是工作后把抱怨老板的话错发给老板本人……

微信能撤回消息，简直救她于水火。

她虽然迷糊，可跟她相处过的人，没一个不喜欢她，因为她不仅幽默，为人也善良、简单。

和她相处舒服至极，没有工于心计，没有复杂的逻辑，甚至连负面情绪在她身边都会自动消散。

这样的她，连跟别人讲起自己的伤心事，都故作轻松，讲得高潮迭起、趣味横生。

她担当所有人的开心果，可是要知道，一个人有多不正经，就有多深情。

这样的女生大概就是真正意义上的，能陪你上九天揽月，也能为你下五洋捉鳖的人。

若你碰到她，不要轻易地撩她，请温柔地告诉她："别一直笑了，你也可以脆弱，以后，换我当你的开心果。"

05

《破碎故事之心》里，塞林格有句名言："爱是想要触碰，却收回手。"

放到如今，所有的欲言又止，所有的辗转反侧和一腔心事，投射到屏幕上，大概就只有一句："对方撤回了一条消息。"

有人说："有时候消息的撤回，并不是为了阻止对方看到，而是为了让他看到这则消息被撤回的过程。怯懦的心灵，只能这样小心翼翼地表达自己的情感。"

完美主义的姑娘，希望自己在你心里是完美的；内心戏丰富的姑娘，在你面前隐藏自己悲观的脑洞；细致敏感的姑娘，对发给你的每一条消息反复推敲；神经大条的姑娘，慌乱地掩饰自己说错的话……

这些都是因为她们在乎你啊。

我们习惯花心思去猜疑撤回的消息内容，却忘了其实最美好的是彼此一起走过的路。

与其盯着一个未知的答案患得患失，不如好好把握当下。毕竟微信消息可以撤回，但真正的爱不能。

遇到爱撤回消息的女生，尤其是爱对你撤回消息的女生，别只是不痛不痒地撩一撩她，请你好好爱她，告诉她："对我不必那么小心翼翼。"

叔希望每个爱撤回消息的女生，都能找到那个懂你的人，看穿你所有欲言又止的心意，将你温柔以待。

"我喜欢你已经超过两分钟，不能撤回了。"

我不会再主动联系你了

有一条热评令叔十分有感触："突然想找你聊天，打开窗口，突然发现上次的结尾还是我，于是欲言又止。我最想的是你，最不想打扰的也是你。"

原来，喜欢一个人久了，会变得这么小心翼翼，再也不敢说"我很酷"。

在爱情这场博弈中，有多少人一开始就忘记了潜龙勿用，明知道会输，还是赌上了所有筹码。对方一句好话，你已经丢盔弃甲。可爱情不是剥洋葱，不需要哭着撕到最后，才发现自己守着的是一颗空心。

我发消息给你，十分钟不回，没关系，你在忙；半小时不回，也可以理解。可是当我看见你在朋友圈给别人点了赞的时候，我明白了，有些消息是注定收不到回复的。

法国著名女作家西蒙·波娃在《越洋情书》里写过这样一句话："我渴望能见你一面，但请你记得，我不会开口要求要见你。这不是因为骄傲，你知道我在你面前毫无骄傲可言。而是因为，唯有你也想见我的时候，我们见面才有意义。"

是的，如果你也肯拿爱回应我，那么我的主动才有意义。

我可以等，即使问候的早安变成了晚安，也没有关系；当你朝我的方向迈出了一步，那么经历艰难险阻都没关系，剩下的路，我一定飞奔而去。最怕的就是，我再如何主动，最后发现这始终是我一个人的独角戏。

就像电影《他只是没那么爱你》中所言："爱你的人，一定会主动联系你。不主动联系你的人，一定不爱你。"

爱情是两个各自走在自己路上的人，慢慢地，你们就走到了同一条路上。而不是你遇到一个人，就抛弃了自己的路，去走对方的路。

许多姑娘困惑地问我："大叔，不是说主动了才会有故事吗？"

是的，爱一个人需要勇敢，但更需要智谋。如果一段关系里，只有你在无休无止地主动、漫无止境地付出，那就算了吧。

相信我，真正爱你的人，才不会忍心折磨你这么久。他会在你话还没说出口的时候，就交出了自己所有的匕首，为你们的每一次聊天顺理成章地铺好台阶。

爱情中可以主动，可是对爱情的努力应该适可而止。主动久了很累，在乎一个人久了，会崩溃。而被爱的一方总是有恃无恐，甚至都不需要解释什么，对方已经帮你想好了所有退路，却把自己逼到了绝地。

可是有什么用呢？你赔上一切，只换来对方的不满足。

如果你在爱情中感觉太累，就早点放手吧，及时地道别没有错。

有时候，在爱情中最先放手的一方，不是因为不爱了，而是终于学乖了，学会了放过自己。

余生很长，爱人之前，请先学会爱自己吧。

在今后的岁月里，找一个珍惜你的人在一起。清晨的柳，黄昏的酒，是爱人才会懂的温柔啊。

愿你以后所有的眼泪都是喜极而泣，而不是失望至极。至于那个放不下的人，就把他归还岁月，归还人海吧。

电影《阿黛尔的生活》的结尾，艾玛对阿黛尔说："我对你仍然有着无限的温柔，永远永远，可是，我不能再和你在一起了。"

是的，我承认我对你仍有爱意，可是，我不会再主动联系你了。也请你努力，余生一定要过得比我好啊！只有这样，才对得起我的不打扰。

他有多黏你，就有多爱你

01

一天下班的时候，我看到木子的男朋友来接她。他们一见面，他就把她抱了起来，抱完之后，立马牵过她的手，生怕一不小心她就溜走了。他们两个人并肩走着，时不时他还会用手蹭一蹭她的脸，眼里的宠溺简直都要满溢出来了。

说实话，要不是木子亲口跟我说他们在一起四年了，我很难相信恋爱这么久的情侣还能这么甜蜜。要知道，很多恋爱都是过了甜蜜期就开始变得平淡，甚至走向争吵。

她告诉我他们几乎没有争吵。她还说："这主要是因为啊，他很黏我，这很让人安心。"

他们两个人从一开始在一起，她男朋友就很黏着她。平时在家，不管干什么他都喜欢待在她的身旁；出门，他也会一直牵着她的手，生怕把她弄丢了；有时候她出差，他也是按照她的作息时间，一刻不迟地给她打电话说想她了……

成年人的世界里，每个人都很忙。一个愿意把时间都花在你身上，时刻都把你放在心上的人，一定很爱你。他会时时刻刻想着联系你，想看你的回复，想听你的语音，想跟你在一起。

那是因为，他心里装的全是你。等他什么时候不再黏你了，也就说明他没那么在乎你了。

02

青青跟我说，她和男朋友分手了，事情的起因就是男朋友不再黏她了。

她说，她男朋友在他们刚谈恋爱的时候，很黏她。两人聊天的时候，他经常发的是"宝贝，我想你了"。哪怕是吵个架，不一会儿她男朋友就会慢慢蹭到她身边，跟她道歉。

后来她发现她男朋友联系她没那么频繁了，哪怕回到家，他们也不再那么亲密了。当她去厨房做饭，也听不到他喊"你在哪儿"了。

而现在，没两天，两人就会因为小事吵一架。她本以为还会跟以前一样，吵完他们就会和好。但是他气得摔门就走了，连手机也没拿。

正是因为这样，青青才看到他和另一个女人的聊天记录，原来那句"宝贝，我想你了"，早已被他送给别人。

一个男人爱不爱你，全部都藏在他的行为里。以前他恨不得每一秒都看到你，从某一刻开始，他却对你爱搭不理。你以为他只是不再黏你，殊不知他其实是不再爱你了。

03

田野发了份喜帖给我，说她和她的男朋友结束了三年的异地恋生涯，终于要结婚了。

在惊讶之余，我也问她为何就认定了是他，要知道她以前还吐槽他太黏她呢。

"在我一个人回家怕得要死的时候，他会跟我打一路的电话，而不是跟我说一句到家再联系。"她说这句话的时候，脸上洋溢着幸福。

"我能感觉到他把我当成他生活的重心，一切都以我为优先。什么事他都想着替我做或者和我一起做，这样的男人，我为什么不嫁给他呢？"

对啊，那个把你们的感情当成全部的在乎你的人，往往最爱你。他黏着你，那是他爱你的方式。

有人说这种男人不成熟，还没长大。但我想说一句，只有一个幼稚、冲动、不理性的少年人，才会对另一半那么好。男人啊，往往有过一次不计后果之后，再以后就理智了、成熟了，不会不计后果了。

我希望你能珍惜他那唯一一次的真挚。他可能错误地过分在意你，错误地把幼稚的一面呈现给你。但相信我，他不是故意的，他只是想把自己最纯粹的东西给你。

有人说："一辈子很长，你一定要找一个爱你、黏你、关心你的人在一起，否则岁月难熬。"

那些需要你付出所有心力去爱的人，比不上那个时时刻刻想着你，无论何时都陪你，在乎你，担心你，黏着你的人……

　　毕竟，爱一个人就会想主动往他身上靠，这是爱情最本质的模样。

图书在版编目（CIP）数据

　　你笑起来真像好天气 / 南木大叔著. ––天津：天
津人民出版社，2019.4
　　（抹香鲸）
　　ISBN 978–7–201–14592–1

　　Ⅰ.①你… Ⅱ.①南… Ⅲ.①随笔－作品集－中国－
当代 Ⅳ.①I267.1

　　中国版本图书馆CIP数据核字(2019)第038278号

你笑起来真像好天气
NI XIAO QILAI ZHENXIANG HAO TIANQI

南木大叔　著

出　　版	天津人民出版社
出 版 人	刘　庆
地　　址	天津市和平区西康路 35 号康岳大厦
邮　　编	300051
邮购电话	（022）23332469
网　　址	http：//www.tjrmcbs.com
电子信箱	tjrmcbs@126.com

责任编辑	谢仁林
特约编辑	师 擎　朱亚彤
书籍设计	熊　琼〔霙中 DESIGN WORKSHOP〕

制版印刷	河北华商印刷有限公司
经　　销	新华书店
开　　本	880×1230毫米　1/32
印　　张	8.5
字　　数	120千字
版次印次	2019 年 4 月第 1 版　2019 年 4 月第 1 次印刷
定　　价	49.80元

版权所有 侵权必究
图书如出现印装质量问题，请致电联系调换（022–23332469）